KB127481

오늘 밤 황새가 당신을 찾아갑니다

래빗홀
RABBIT HOLE

차례

* 이 책에서 일부 표현 및 외래어는 소설 분위기를 고려하여
관용적으로 표현했습니다.

한밤중 거실 한복판에
알렉산더 스카스가드가
나타난 건에 대하여

어느 날 밤 안방 문을 열었더니 거실 소파에 알렉산더 스카스가드가 앉아 있었다.

◆◆◆

알렉산더 스카스가드. 스웨덴 출신의 배우. 스웨덴어로 그의 이름 Alexander Skarsgård는 '알렉산데르 스카쉬고르드'에 가깝게 발음된다고 한다. 1976년 8월 25일생. 키 6피트 4인치 반, 그러니까 약 194센티미터에 몸무게 90킬로그램.

졸도할 것처럼 두근대는 심장을 붙들고 구글링한 바

에 따르면, 지금은 식탁 의자에 옮겨 앉아 이쪽을 쳐다보고 있는 저 거구의 남자는 알렉산더 스카스가드가 맞다.

♦♦♦

물론 미주가 한밤중 거실 소파에 앉아 있는 스웨덴 배우를 처음 본 순간에 그의 이름을 바로 떠올리지는 못했다. 그를 보고 가장 먼저 미주는,

"와이씨!"

라고 놀라 소리 지른 다음 뒷걸음질을 쳤다.

실제 미주의 입에선 참새 휘파람 같은 소리가 났지만, 기분상으로는 비명을 지른 것과 마찬가지였기 때문에 미주는 제가 확실히 소리를 질렀다고 믿었다. 아닌 밤중에 제집 거실 소파를 떡 차지하고 앉은 거구의 모르는 남자와 마주친다면 누구나 비명을 지르고 뒷걸음질을 칠 것이다.

그러자 남자가 어떻게 했냐면, 어두운 중에도 부담스러운 잘생김만은 또렷이 전달되는 자기 입술에 굵은 집

게손가락을 올리고 쉿, 하고, 씩, 웃었다.

미주가 나중에 형사와 마주 앉아 '한 3년 전쯤 회사 탕비실에서 우연히 부딪쳐 사과드린 게 전부인 옆옆옆 팀의 해외 지원 인력인데요, 왜 이 사람이 하필 저를' 하고 눈물로 하소연하게 될 사이코패스 연쇄살인범처럼 말이다. 그런데 이제 아직 체포되지 않은.

미주가 안방 문을 쾅 소리 나게 닫지 않은 것은 합리적인 대응이었다. 미주는 조용히 문을 꽉 닫아 잠근 후 본능에 따라 아기 침대부터 들여다보았다. 이제 31일 된 신생아 한세리가 수유등 아래서 무사히 꼬, 물…… 꼬물…… 꼬물대고 있었다. 조그만 입을 짝 벌리고 하아, 품도 했다.

그리고 미주가 긴급 전화를 걸기 위해 스마트폰을 들어 올린 순간이었다.

"안녕, 미주? 만나서 반가워."

1985년 5월 준공된 이 시영아파트는 전세가가 낮아질수록 과거의 유산을 보존하고 있을 확률이 높아졌다. 레트로나 빈티지 같은 수식어를 붙인 드라마, 영화, 화보, 기타 등등에서나 보았지 실제로 제 손으로 직접 여

닫고 살게 될 줄은 몰랐던 밤색 합판 방문 같은 것이 그일례다. 족히 30년 동안 한 번도 갈지 않은 듯한 둥근 문고리가 세트로 달린. 66제곱미터짜리 이 집의 거실 소파부터 약간 두꺼운 종이 상자나 다름없는 안방 문까지 저 남자는 몇 걸음이나 걸어야 할까? 한, 세 걸음?

밤이 됐지만 자지 않는 세리를 따라 꼬박 네 시간을 눈물로 보내고 겨우 한 시간 반 정도 잤다. 잤다기보다 한 시간 반 동안 죽었던 기분이다. 당연히 부활한 지 몇 분 되지 않은 미주의 뇌가 제대로 기능할 리 없었다. 그래서 문밖에서 발소리가 나거나 힘껏 움켜쥔 문고리가 덜컥이는 대신 밤색 합판 방문 정중앙……의 꽤 상단에서 남자의 얼굴이 불쑥 튀어나왔을 때, 미주는 이번에야말로 확실히 비명을 질렀다.

그 순간에는, 정말 그 옛날 영화의 미쳐버린 주인공처럼, 남자가 마포 곽산시영아파트 E동 108호 안방 문을 도끼로 쪼개버린 줄로만 알았다.

"미주, 진정해. 세리가 울잖아."

멜로디컬하고 결이 풍부한 낮은 목소리는 놀랍게도 교육방송 아나운서처럼 유창한 서울말을 구사했다. 비명에 놀라 울음을 터뜨린 세리를 끌어안은 채 미주는 코앞……보다는 상당히 위에 튀어나와 있는 얼굴을 올려다보았다. 깊은 아이홀 안에 박힌 보석처럼 푸른 눈이 시시각각 꼬리를 늘어뜨리고 있었다. 금색 속눈썹이 은은한 수유등 빛을 받아 말도 안 되게, 무슨 파초선도 아니고, 반짝이며 나풀대는 것도, 이런 위기의 순간에 왜 눈에 띄는지 모르겠지만, 하여튼 보였다.

"나는 젖병 소독의 천사, 보틀스의 엔젤이야. 잘 부탁해, 미주."

미주는 차가워진 손을 내밀어 남자를 확인했다. 단정히 넘긴 풍성한 금발과 반듯하고 넓은 이마 아래 쭉 뻗은 높은 콧대, 마포 곽산에 있기엔 너무나 이국적인 뼈대를 자랑하는 얼굴 정중앙을 정확히 노려 거칠게 손을 휘저었다.

미주의 손은 아무것도 잡지 못하고 허공을 갈랐다. 미주의 손이 닿은 부분에서 질량 없는 윤곽과 부피는 깨진 픽셀처럼 잠시 자그락댔으나 손이 빠지는 순간 다시 흔적 없이 이어지고 합쳐졌다.

"UV 자외선 살균과 온풍 살균 건조를 모두 끝내두

었어. 아쉽게도 베이비팜 자동 분유 제조기는 설치되어 있지 않더라. 아니면 내가 분유 제조까지 해줄 수 있었을 텐데."

온화한 어조로 해야 할 말을 마친 남자가 환한 미소를 지었다.

미주가 '스웨덴에서 가장 섹시한 남자', '이케아와 함께 스웨덴의 최대 수출품'이라 불리는 배우의 이름을 기억해낸 것은 그때였다. 그러니까, 우락부락 성난 몸에 곱슬곱슬한 머리를 길게 늘어뜨린 야생의 타잔이 사랑하는 아내와 행복하게 살고 있다가 어떤…… 뭐였더라? 하여튼 뭔가 사명감을 띠고 그가 자랐던 정글로 돌아가서…… 뭘 어떻게 하다가…… 막 싸우고…… 어떻게 됐더라? 어쨌든.

미주의 안방 문을 뚫고 머리를 들이민 남자는 바로 그 영화에서 타잔을 연기했던 그 배우였다. 알렉산더 스카스가드. 그리고 제인은…… 마고 로비. 지금 임무 수행 보고와 자매 제품 광고를 성공적으로 묶어내고 남자가 지은 뿌듯한 미소는 바로 그 영화의, 본 지 몇 주가 지난 지금 와선 어느 장면인지 가물가물했지만, 하여튼 바로 그 영화 어딘가에서 타잔이 제인에게 지었던 미소와 흡사했다.

아, 〈레전드 오브 타잔〉!

✦✦✦

한밤을 가른 아내의 비명에 놀라 옷방에 구겨져 자다 말고 뛰쳐나온 남편은 거실 한복판에 선 알렉산더를 보고 그야말로 기겁을 했다. 있지도 않은 야구방망이를 비몽사몽간에 찾아 헤매며 연신 미주야, 들어가! 세리랑 문 잠그고 들어가 있어! 하고 제법 비장하게 외치는 것이다. 그 바람에 미주는 임신과 출산 이후 남편을 향해 올림픽 성화처럼 꺼지지 않고 타오르던 분노가 약간 사그라드는 것을 느꼈다.

남편 역시 미주보다 덜하긴 해도 정도로 따지면 심각한 수면 부족을 겪고 있었다. 좁은 집의 어디에 어떻게 처박히든 사이렌처럼 울리는 세리의 울음소리를 피할 수 없었기 때문이다. 그는 핏발 선 눈으로 우두커니 서서 '젖병 소독의 천사'의 이야기를 들었다. 그리고 괜찮아, 내일 얘기하자, 들어가, 하고 미주가 등을 밀자 좀비처럼 비척대며 나왔던 곳으로 도로 들어갔다. 말이 옷방이지 누우면 바닥이 사라지는 옹색한 방이었다. 남편은 그 방에서 웃풍을 막기 위해 두 겹의 이불을 덮고 누운 지 5분 만에 코를 골았다.

◆◆◆

다음 날 두 사람이, 남편은 월요일이라 성격이 더 개같아진 팀장의 눈을 피할 수 있을 때마다 그리고 미주는 세리가 자유를 허용해줄 때마다, 꼬박 여섯 시간을 소요한 검색과 문의를 통해 다양한 각도에서 도출된 답을 종합 요약해 말하자면, 결론적으로는 미주의 잘못이었다. 아니, 사소한 실수였다. 아니, 따지자면 그날 퇴근이 늦어 미주가 보틀스를 혼자 사러 갈 수밖에 없게 한 남편의 잘못이었고, 더 따져 올라가자면 당장 내일 애가 나와도 올 게 왔다 싶게 달이 꽉 찬 만삭 임산부의 배우자를 그렇게 늦게 퇴근할 수밖에 없는 상황에 처하게 한 좆같은 조직 문화와, 배우자 출산휴가도 좆같이 짧은데 이것마저도 쓰려 하면 눈치를 좆같이 보게 만드는 좆같은 육아휴직 제도를 가진 좆같은 회사의 시대착오적 존재 자체를 방치하고 나아가 은근슬쩍 연명시키기까지 하는 좆같이 덜떨어진 사회에 이 모든 사태의 전적인 책임을 돌려야 할 것이다.

어쨌든 두 달 전 미주는 그러한 좆같은 사정이 있어 만삭의 몸으로 혼자 보틀스를 사러 갔다. 그리고 직원의 안내에 따라 '사용자'로 '김미주'를 등록했다. '김미주' 한 사람만 말이다. 그리고 까맣게 그 사실을 잊고 있었다. 그것이 한밤중 미주네 집 거실 한복판에 '젖병 소독의 천사'가 나타난 한 원인이었다.

젖병 소독기 보틀스의 최신 모델에 탑재된 자체 AI는 원래 사용자가 매뉴얼을 들춰보지 않아도 쉽게 조작할 수 있게끔 개발되었다. 그런데 사실 젖병 소독기에 요구되는 기능 자체가 단순하다 보니—켜, 꺼, 소독해줘—시중의 타 젖병 소독기와의 차별화가 쉽지 않았던 모양이었다. 거기서 ㈜베이비케어가 꺼내 든 회심의 카드가 AI 차별화였다. 남편이 미주에게 링크를 보내준 기사에 의하면, 베이비케어의 CEO는 다음과 같은 일념으로 대화형 비주얼라이즈드 AI '엔젤' 개발에 어마어마한 자원을 투자했다고 한다.

Q. 영유아용 가전 시장을 선도하는 기업 베이비케어가 자체 AI 엔젤로 또다시 혁신을 보여주었습니다. 엔젤은 어떻게 개발하게 되셨습니까?

── 사물인터넷이 우리 생활 곳곳에 자리 잡게 된 지도 오랜 시간이 흘렀지요. 말하는 TV, 말하는 냉장고, 말하는 청소기, 말하는 에어컨, 말하는 식기세척기……. 우리는 말만 하면 알아서 일해주는 사물의 시대를 살고 있습니다. 뿐입니까? 보편화된 홈 AI에 연결된 가전들이 축적된 개별 데이터를 상호교환 · 결합하여 사용자에게 특화된 정보를 스스로 제공할 수도 있을 만큼 인공지능 기술도 발전됐지요. 개별 계정의 사용 이력에 기반해 사용자가 좋아할 법한 콘텐츠를 선별, 추천하는 데 그치는 알고리즘의 시대는 사실상 저물고 있습니다. 이제 우리는 사용자의 식료품 구매 이력과 현재 남은 식재료 현황을 대조해 현재 가능한 요리 중 사용자가 가장 선호할 법한 요리를 추천하고 레시피를

제공하는 냉장고를 구매할 수 있어요. 최근 프레젠테이션된 홈 AI는, 그래요, 만약 영화를 추천한다면, 우리가 스마트폰이나 태블릿 PC 같은 개별 기기에서 서로 다른 OTT 서비스를 통해 시청한 영화 목록뿐만 아니라 도서 구입 데이터에 반영된 독서 이력, 전시회나 콘서트 같은 공연 구매 이력, TV 또는 유튜브·틱톡 시청 이력 등 문화콘텐츠 전반을 아우른 사용 데이터를 통합 분석하여 그 추천 결과를 지금 사용자가 켠 TV 화면에 띄울 수도 있어요. 지금이 후덥지근한 여름밤이라면 홈 AI는 사용자가 좋아하는 장르의 최신 공포영화를 추천하고 에어컨 온도를 평소보다 조금 더 낮게 세팅해두겠죠. 그럼 같은 홈 AI에 연결된 냉장고는 사용자가 샤워를 마치고 나올 시간에 맞춰 맥주에 살얼음이 끼게 할 거고, 조명은 적당히 어스름해져 있다가 영화가 시작되면 꺼질 거예요.

물론, 사용자가 원한다면요. 홈 AI에 사물을 얼마나 연결할지, 다시 말해 데이터를 얼마나 제공할지는 전적으로 사용자의 선택에 달려 있으니까요. 그리고 아직 모든 가정에 이런 토털 홈 AI를 풀 구현하기엔 비용 면에서도 굉장한 제약이 있죠. 그러나 우리 회사 임직원은 장기적으로는 이러한 토털 홈 AI로의 발전이 확산되리라 확신하고 있습니다.

이런 시대에 우리 베이비케어의 제품은 어디에 끼어야 할까요? 이 절박한 고민이 베이비케어 전 제품에 탑재된 고유 AI 엔젤을 개발한 원동력이 되었습니다. 우리가 선보이는 가전들은 본질상 심플하거든요. 예컨대 우리 베이비케어의 베스트셀러 젖병 소독기 보틀스의 젖병 소독 능력은 세상 어디에 내놔도 뒤지지 않는다고 자부합니다. 하지만 현재 가전 시장을 휩쓰는 빅 트렌드인 사용자 친화적 가전, 사용자에게 특화된 가전으로서 보틀스가 나아가야 할 길은 어떨까요? 아무리 사용자의 기존 데이터를 분석, 적용해도 젖병 소독이 사용자 친화적으로 이뤄질 여지는 적습니다. 철저한 살균과 소독을 위해 요구되는 온도나 시간은 정해져 있고, 그건 사용자의 기호와 무관하게 고수될 기준이죠.

여기까지 읽었을 때, 이동식 아기 침대에 눕혀놓았던 세리가 얼굴을 찡그리고 조그만 주먹을 휘두르며 칭얼대기 시작했다. 반사적으로 확인한 시간은 오후 2시 40분이었다.

"미주, UV 자외선 살균과 온풍 살균 건조를 모두 끝내두었어. 지금 세리에게 주고 나면 남은 젖병이 하나뿐이니 참고해줘."

2시 45분, 겨울 햇살이 쏟아져 들어오는 거실 한복판에 알렉산더가 나타났다. 햇빛을 후광처럼 두르고 선 알렉산더의 눈은 낮에 봐도 쨍하게 파랬다. 인간의 자연스러운 홍채 색깔보다 명도와 채도가 높은 파란색이다. 그리고 바로 전 타임인 12시에 봤을 때보다 어쩐지 더 어려 보였다. 피로 때문에 몇 시간 전 기억도 흐리긴 했지만, 어젯밤 처음 보았을 때 알렉산더는 분명 정글을 떠나 사랑하는 아내와 도시에서 행복한 세월을 꽤 보낸 타잔처럼 보였다. 맹렬한 검색에 힘입어 미주는 어제 보았던, 머리를 뒤로 넘겨 이마를 드러낸 얼굴이 〈레전드 오브 타잔〉을 홍보하던 시기의 '알렉산더 스카스가드'임을 거의 확신했다. 그런데 지금 나타난 알렉산더의 얼굴은 눈가의 주름이 옅어진 대신 윤곽이 날카로워졌고 머리카락은 더 짧아졌다.

"고마워. 그런데 알렉산더, 얼굴이 좀 달라지지 않았어?"

알렉산더는 아기 침대 위로 허리를 깊이 굽히고 우스꽝스러운 표정을 지었다. 가까이서 보면 전체적으로 파르스름한 빛이 나는 이 남자를 세리는 별로 마음에 들어 하지 않는 눈치다. 그가 얼굴을 들이댄다고 울지는 않았지만 웃지도 않았다. 적어도 미주는 그렇게 생각했다. 나한텐 웃어주는데.

사실 태어난 지 한 달 된 인간은 누구에게도 웃어주지 않는다. 엄만지 뭔지가 성심성의껏 딸랑이를 흔들어대도 작은 인간은 뚱한 얼굴로 조그만 팔다리를 휘적, 휘적! 휘, 적, ……휘적댈 뿐이다. 세리에게는 무시무시한 출산의 모험을 함께 완수한 피의 동료 김미주나 지금 제 앞에 얼굴을 들이민 이 반투명한 남자나 거기서 거기인 존재다. 어차피 얼굴도 알아볼 수 없으니 말이다.

"미주, 아까 '알렉산더 스카스가드' 검색했지? 검색과 조회 기록의 일부를 반영했어."

아하, 고개를 주억이면서 미주는 보틀스를 열고 따뜻한 젖병을 꺼냈다. 100도로 끓였다가 40도까지 서서히 식힌 물 90밀리리터를 젖병에 먼저 따른 후 분유 세 숟갈을 넣는다. 각진 플라스틱 숟갈 위로 무덤처럼 솟은 부분을 반듯하게 깎아내야 정량이다. 그리고 실리콘 젖꼭지와 뚜껑을 딱, 소리가 나게 정확히 덮어 닫은 다음

기포가 생기지 않도록 손목의 스냅을 사용해 돌린다. 칼같이 세 시간 간격으로 하루에 일고여덟 번씩 타는데도 출산 후유증인지 뭔지 정량이 계속 헷갈리는 탓에, 미주는 젖병을 들지 않은 손으로 분유통에 적힌 제조표를 다시 더듬어 확인했다. 그렇게 매번 몇 숟갈을 넣어야 하는지 까먹는 것이 완벽한 분유 제조기로의 진화를 끈질기게 저지하는 유일한 인간성이었다.

그리고 젖병 소독의 천사 알렉산더(미주는 그를 '알렉산더'라 부르기로 합의했다. 배우 알렉산더 스카스가드의 얼굴도 얼굴이거니와, 그를 매번 '보틀스의 엔젤'이라는 긴 이름으로 부르기도 귀찮아서였다)의 메인 업무는 세척된 젖병이 들어오면 살균 소독을 자동 수행하고 그 진행 상황과 소독기 안에 남은 젖병 개수를 알려주는 일이다. 그게 어젯밤 12시에 처음 만난 이래 3시 10분, 6시 20분, 8시 40분, 12시 5분 도합 다섯 번의 수유를 함께하며 미주가 이 새로운 동료에 대해 알게 된 사실이었다. 알렉산더는 세리의 수유 텀에 맞춰 약 세 시간마다 나타났는데, 그건 미주가 스마트폰에 기록하고 있는 수유 일지 데이터를 학습한 결과였다.

"엄청 유명한 사람이더라. 다른 사진도 많이 찾아봤는데, 옷은 안 바뀌네?"

"미안. 내 착장은 사용자 조작이 불가능해."

아하……. 미주는 다시 고개를 끄덕였다. 사용자가 마음대로 인공지능 비주얼에 옷을 입힐 수 있다면…… 어쩐지 어디선가 뉴스에 보도될 일이 발생할 것도 같다. 나아가 미주 생각에도, 디폴트로 있을 거라면 등에 돋아난 새 날개나 정수리 한 뼘 위에 달린 금색 링보다는 목부터 발목까지 덮는 헐렁한 로브가 나을 것 같다. 한밤중 거실 한복판에 청바지와 셔츠를 입은 모르는 사람이 맨발로 서 있다? 그런데 그 등에서 거대한 새 날개가 펄럭인다? 중세 수도복을 연상시키는 검소한 쌀포대 차림이 그나마 덜 위험해 보일 듯하다.

같은 맥락에서 사람과 사자와 소와 독수리의 네 얼굴을 세 쌍의 날개로 가렸거나 아니면 눈알이 빼곡히 박힌 바퀴 형상이라는 성경 속 '진짜' 천사 이미지를 쓰지 않은 이유도 납득되었다. 미주는 알렉산더와 세 번의 밤중 수유와 두 번의 주간 수유를 성공적으로 마치며 놀랄 만큼 빠르게 친해졌지만, 그가 불타는 공이었다면 아직 말을 놓지 못했을 것이다.

"그럼 얼굴 부분만 사용자가 조작할 수 있는 거야?"

"미주가 직접 커스터마이즈할 수 있느냐는 의미라면, 아니야. 나는 게임 캐릭터가 아니거든."

미주가 세리의 묵직한 엉덩이를 받쳐 어깨에 얹고 트림시키는 동안, 알렉산더는 미주가 15년 전 친구와 급식을 해치우고 산책 나간 여고 운동장에서처럼 나란히 보조를 맞춰 걸었다. 미주 혼자였다면 좁은 거실이나마 뱅글뱅글 돌았을 것이다. 그러나 알렉산더와 나란히 서니 거실이 터질 지경이어서 뱅글뱅글보다는 우왕좌왕에 가까워졌다.

알렉산더는 사용자가 자주 접하는 대중매체에 보편화된 천사 이미지가 베이비케어 자체 개발 AI 엔젤 비주얼의 공통 토대라고 설명해주었다. 실제로 보틀스가 제공하는 기본 비주얼은 유럽 종교화에 그려진 아기 천사를 베이스로 한 '보틀스의 베이비 엔젤'이기도 했다.

"미주가 처음 세팅할 때 '사용자 친화'를 활성화했기 때문에 지금 내 모습이 만들어졌어. 나는 미주가 제공하기로 동의한 데이터 분석에 기초해 구현된, 미주가 가장 선호할 법한 천사 모습인 거지."

"내가 가장 선호하는 천사가…… 정글의 왕이라고? 아니면 잘생기고 키 큰 북유럽 남자?"

뚝뚝 묻어나는 의심에 알렉산더는 자신은 결백하다는 표정을 지어 보였다.

"내가 왜 '알렉산더 스카스가드'의 얼굴을 갖게 되었는지 정확히 설명하긴 힘들어. 원하면 알고리즘을 보여줄 수 있지만 미주가 작성 언어를 이해할 수 있을지 모르겠네. 가장 선호하는 모습은 가장 친숙한 모습이라 번역할 수도 있을 거야. 미주의 관점에서 천사에 가장 가까운 이미지일 수도 있고."

"말도 안 돼. 무슨 오류 아닐까? 요즘 천사가 나오는 걸 본 기억이 없는데. 내가 마지막으로 본 천사는 아마……."

머릿속 어딘가에 차곡차곡 쪼그라들어 있을 기억을 불러내려 미주는 한껏 인상을 썼다.

"《사람은 무엇으로 사는가》에 나온 천사일걸. 러시아어 강독 시간에. 그것도 중간에 드롭한……. 10년도 넘은 일이고. 도스토옙스키? 맞아?"

"그 기억은 내가 받은 데이터에 없어. 영화야?"

알렉산더는 물론 1885년에 나온 이 소설의 현재에 이르는 번역 및 발행 상황과 대학 입시논술 지문으로 활용된 횟수, 레프 니콜라예비치 톨스토이의 군(軍) 복무 경험과 그의 사후 일제강점기 조선 오산학교에서 거행되었던 추도식을 망라한 모든 정보를 알고 있다. 애초에 개떡 같은 질문을 던져도 찰떡같은 답을 대신 찾아내주길 바라는 인간으로부터 인공지능은 탄생한 것이다. 그렇지만 알렉산더는 특이하게도 미주에게 질문들을 자주 던졌고, 미주는 그냥 이게 그의 '개성'이겠거니 여기기로 했다.

"아니, 소설."

"어떤 이야기인데?"

알렉산더는 진심으로 궁금해하는 것처럼 보였다.

✦✦✦

우리가 찾아낸 돌파구는, '사용자 친화'란 진정 무슨 의미인지 탐구함으로써 발견되었습니다. 그러려면 먼저 우리 제품의 '사용자'가 어떤 사람들인지를 알아야 했어요. 우리는 베이비케어의 전 역량을 동원해 사용자를 연구하기 시작했습니다.

그동안 우리 연구는 제품을 직접 접하게 될 아기에 초점을 맞춰 이뤄지고 있었어요. 아기의 안전, 아기 신체에 최적화된 디자인, 색이나 모양, 소리에 대한 아기의 선호……. 모든 연구의 중심에 항상 아기가 있었죠. 성인의 눈에는 그럴듯해 보이는 감성과 세밀하고 복잡한 기능을 갖춘 제품이라 하더라도 아기가 거부하면 이 시장에선 바로 퇴출됩니다. 바우하우스 감성을 접목한 분유 제조기요? 그걸로 만든 분유를 아기가 먹지 않는다면, 그건 바우하우스 감성을 접목한 고철 덩어리일 뿐입니다. 베이비케어가 지금 시장을 선도하는 기업이 된 이유는, 우리가 아기에 대해 누구보다도 잘 알기 때문이었어요.

하지만 시대는 빠르게 변하고, 이제는 남들도 우리만큼 알게 된 것 같아요. 그런 위기의식이 팽배해지고 있었습니다. 10년 연속 시장점유율 1위라고는 하지만 경쟁사와의 격차도 날이 갈수록 좁혀지고 있고요. 이 시점에 우린 아기와 우리 제품을 연결하는 가장 중요한 고리, '사용자'를 연구하기로 결정한 거죠.

막상 연구를 시작하자 조금 놀라게 되었습니다. 실은 많이 놀랐어요. 우린 아기에 대해서는 아주 잘 알고 있었지만, 실제로 우리 제품을 구매하고 설치하고 매일매일 아기를 위해 제품을 구동하는 사용자에 대해선 놀랄 만큼 적은 것을 알고 있었어요. 거의 몰랐다고 해도 될 것 같군요. 매일, 하루 24시간 동안 아기와 같은 공간에 존재하며 아기의 생존과 웰빙을 위한 모든 활동을 대리 수행하는 우리 제품의 사용자, 아기의 다양한 욕구를 만족시켜주기 위한 대기자…… 어머니, 아버지, 할머니, 할아버지, 형제자매, 그리고 선생님, 원장님, 보호자님, 그 밖의 많은 이름으로 불리는 다양한 사용자들.

처음에 우린 사용자 연구의 초점이 흐려질까 걱정했었어요. 사용자는 아기보다 훨씬, 훨씬 까다롭고 혼란한 집단이거든요. 그들이 사용자가 되기까지 살아온 삶만큼이나 질적으로 다변화되어 있고 다양한 개성을 지녔잖아요. 당연히 표본으로서의 가치가 떨어지지 않을까, 고민했었죠.

우리 제품을 선택한 이유도, 사용 환경도, 사용 방법과 빈도, 제품에 대한 만족도도 모두 상이해서 도저히 공통점이 보이지 않을 때 뜻밖의 실마리를 제공한 건 심층 인터뷰였습니다. 인터뷰에 응해준 분들은 공통적으로, 연령, 성별, 세대, 계층, 소득 수준과 무관하게 연구에 있어 유의미한 정도로, '고립감'을 가장 커다란 고충으로 꼽아주셨어요.

고립감. 그렇습니다. 베이비케어 사용자의 대다수는…… 외로

우셨어요. 단순히 외롭다는 말로는 부족하군요. 아기라는 존재를 다시 생각해봐야 해요. 아기는, 특히 사용자가 아기를 처음 돌보는 경우라면 더더욱, 철두철미하고 완전한 주의 집중을 요구합니다. 그리고 놀랍게도, 흔히 '손이 간다'라고 일컫는 요구 수준은 아기가 성장할수록 다양해지고 빡빡해져요. 질적으로, 양적으로, 그리고 더 중요하게는 신체적이고 물리적으로, 아기가 태어나면 보호자는 그때까지의 생활로부터 갑자기 뚝 잘려 나와 낯선 세계에 던져지게 됩니다. 아기와 나만 존재하며, 내가 아기의 모든 것을 해결하고 책임져야 하는 독방의 시간이 닥치죠. 많은 인원이 그 시간을 나눠 감당해주면 수고를 덜겠지만, 아시다시피 그건 아직도 이상에 불과하고요.

아기는 누군가 돌보지 않으면 살 수 없어요. 그렇게 생각하면 소름이 끼치죠. 보호자는 아기에게 집중해야 합니다. 영원히는 아니지만, 그 순간에는 절대적으로요. 아기가 깨어 있을 때는 먹이고 입히고 놀아주고 씻기고 재우고 싼 것을 치우는 데 모든 시간을 쓰고, 아기가 잘 때는 같이 자야 해요. 보호자도 살아야 하니까요. 신생아라면 두세 시간 간격으로 배가 고파지고, 밤이 되더라도 30분 자고 일어나 놀고 먹고 싸고, 그리고 다시 30분 자고 일어나 울고 먹여도 안 먹고 원인도 모른 채 몇 시간 동안 칭얼대고를 반복하기도 합니다. 성인의 생체 리듬을 완전히 무시하는 이 새로운 리듬에 보호자가 적응하기 위해 쓸 수 있는 시간은요? 없습니다. 적응이란 건 있을 수가 없습니다. 아기는 무자비한 독재자거든요. 난 태어났고, 이제 넌 내가 하라는 대로 해. 적응? 웃기고 있네. 어, 혼자 핸드폰 봐? 나 울 거야. 어, 날 내려놨어? 나 운다. 어, 잉, 했는데 바로 안 와? 사이렌 켠다. 어, 눈떴는데 옆에 없어? 어, 배고픈데? 어, 나 기저귀 불쾌한데? 어, 못 보던 건데? 어, 들어본 적 없는 건데? 어, 뭔지 몰라도 하여튼 별론데? 난 무조건 울 거야. 네가 알아서 달래.

하루가 이런 식으로 지나가면, 똑같은 하루가 또 시작됩니다. 그런 식으로 아기는 보호자가 쌓아온 삶을 무시할 수 있는 존재예요. 기자님은 10년 넘게 언론업에 종사했다고 하셨죠? 하지만 아기 입장에선 그게 뭐? 내 똥이나 치워줘, 이런 식이죠. 이 시간 동안 보호자는 아기에게 완전히, 특히 물리적으로 완전히 묶인 존재로 다시 태어나는 것이나 다름없습니다. 그것도 강제로요. 그래서 고립감을 더 강렬히 느끼시는 것 같아요. 왜냐하면, 생각은 묶이지 않거든요. 이 시간에 남들은 뭐 할까, 난 여기 왜 이러고 있을까, 왜 이렇게 힘들까, 왜 안 자지, 왜 안 먹지, 왜 울음을 그치지 않지, 아기는 이렇게 사랑스럽고 예쁜데 난 왜 이렇게 우울하고, 슬프고, 괴로울까…….

우린 평소에 이런 생각이 들면 기분 전환을 위해 친구를 만나거나, 영화 보고 책도 읽고, 또 외출도 하고 운동도 가고 그러잖아요? 하다못해 잠이라도 자고요. 그런 게 하루아침에 다 안 돼요. 독방에 갇혔거든요. 내 사정, 감정, 체력과 컨디션은 하나도 고려하지 않고 일방적으로 요구만 퍼부어대는 독재자와요.

하하하, 표현이 상당히 과격하죠? 사실 저도 보고서를 처음 받았을 땐 과장된 표현이라고 생각했어요. 인간은 과중한 스트레스를 받으면 극단적이고 단순해집니다. 육아는 엄청난 스트레스 상황이고요. 하지만 책임연구원의 권유에 따라 인터뷰 비디오 로그를 하나하나 열람하면서, 인터뷰에 응해주신 사용자의 얼굴을 보고, 목소리를 듣고, 또 감사하게도 요청에 응해 저와 직접 인터뷰해주신 분들을 보면서, 저와 이사진은 점차 깊이 이해할 수 있게 되었습니다. 전 아기를 키워본 적이 없지만, 이사진의 대다수는 아기를 키워보셨거든요. 그때가 생각난다며 회의석상에서 눈물을 흘린 분도 계셨어요. 독방에 갇혀 전환될 계기를 잃은 생각은 돌고, 돌고, 돌면서 눈덩이처럼 불어나 종일 그렇게 우울한 생각만 하는 자신, 전과는 너무나 달라져버린 자신을 발견하고 또다시 괴로워진다고요. 그런데 그렇게 호소하면 남들은 둘씩 셋씩 다 키우는데 왜 너만 유난이니, 아니면 아기랑 노는 데 뭐가 힘들어, 일하는 것보다 낫지, 아니면 그래, 힘들지, 그래도 어쩔 수 없잖아, 조금만 참아, 더 크면 손이 덜 가, 하는 대답이 돌아왔다고 하시더라고요. 그 순간을 짓누르는 괴로움이 전혀 덜어지지 않는 대답이요. ……아직도 회의 때, 마케팅팀의 한 분이 하신 말씀이 머릿속에서 지워지지 않아요. **키워보니까 아기가 주는 기쁨과 고통은 상쇄되지 않더라는 말이요.**

자만이 아니라, 우리 제품의 기능은 업계 최고 수준을 항상 갱신해왔죠. 그러나 우리 제품이 사용자 체험을 그만큼 혁신해왔느냐? 아니었습니다. 그동안 우리의 사용자 체험 연구는 기껏해야 조작이 얼마나 쉽고 편리한지에 국한되어 있었습니다. 거칠게 말해 사용자가 외롭거나 말거나 버튼만 누를 수 있으면 됐어요. 그래서 이번에 우린 사용자 체험의 혁신에 집중하기로 했고, 그것은 럭셔리 체험과 같은 고급화 방향이 아니라, 우리 제품이 자리 잡게 된 생활의 한 부분에서 사용자가 필요로 하는 서포트를 제공하는 방향으로 나아가야 한다고 생각했습니다.

이렇게 해서 우리는 사용자의, 거창한 표현이지만, 수호천사를 탄생시키기로 결의했습니다. 그 결과 아기가 아닌 사용자와 친근하게 상호작용하면서 사용자의 고립감을 덜어내고 기분 전환을 돕기에 최적화된 대화형 비주얼라이즈드 AI 엔젤이 개발되었죠.

인공지능과 몇 분 떠든다고 괴로움이 해소될 리는 없습니다. 그건 우리 고객들도 다 아실 테지만 어떤 순간의 가벼운 기분 전환에는 도움이 되지 않을까요? 하루 중 단 몇 분만이라도 아기와 관련되지 않은 화제로 주제도 목적도 없이 수다를 떨거나, 또 비난받을 걱정 없이 속을 털어내기도 하고, 그러면서요.

✦✦✦

미주가 베이비케어 CEO의 나머지 인터뷰를 읽을 기회는 다시 오지 않았다. 알렉산더는 세리의 수유 텀에 맞춰 세 시간마다 나타나 2, 30분쯤 미주와 수다를 떨고 사라졌다. 비주얼 구현에 전력이 많이 소모되는 편이라 그 이상 오래 나타나면 다음 달 전기 요금 청구서를 보고 쓰러질 거라고 했다. 알렉산더는 거실 한가운데 우뚝 서서 그에겐 특히나 낮은 천장을 한참 올려다본 후, 미주네 아파트에 워낙 구식인 홈 AI가 설치된 탓에 전력 소모가 더 심하다고 진단했다. 미주는 1985년

준공된 이 아파트의 소유주들이 12년 전에나마 임차인의 편의와 부동산 가격 방어를 위하여 홈 AI라는 '요상한 시스템'을 설치해주기로 마음먹은 것 자체가 이미 기적이라고 대답했다.

미주는 집주인들이 아마 설치 당시에도 가장 저렴한 홈 운영체제를 공동구입했으리라고 추측했다. 이 시점에 직접 확인할 방도는 없었지만, 그 추측은 정확했다.

◆◆◆

그 대화로부터 단서를 얻은 화요일, 미주와 알렉산더는 왜 보틀스를 설치한 지 두 달이 지난 어제에 와서야 갑자기 알렉산더가 나타났는가에 대하여 추리했다.

알렉산더의 설명에 의하면 '사용자 친화'를 활성화한 경우 통상적으로 집에 제품을 설치하면 홈 AI와 자동 연결되고, 일단 연결만 되면 홈 AI에 연결된 모든 개인 기기의 데이터를 받아 비주얼을 구현하기까지 몇 분밖에 걸리지 않는다고 했다. 그러나 미주의 주방 선반에 설치된 보틀스는 두 달 내내 지극히 잠잠한 상태였다.

그동안 미주는 모든 조작을 수동으로 하는 이 젖병 소독기에 무슨 인공지능을 탑재했다는 건지 풀리지 않는 의문만 안고 있었고 말이다.

다음 수유 텀에 알렉산더와 미주는 각자 이 수수께끼를 풀기 위한 검색에 돌입했다. 그리고 지난 문자 내역을 훑어보다 이마를 탁 친 것이 미주였다.

"허! **사람의 마음속에는 무엇이 있는가**."

"사랑이잖아. 벌거벗은 채 거리에서 떨고 있는 남자를 집으로 데려가 돌본 세묜의 마음에 사랑이 있었지."

알렉산더가 곧바로 대답했다.

"그래. 그건 세묜의 마음이고, 곽산시영아파트 갑들의 마음에는 인색함이 있었어."

미주는 알렉산더에게 당당히 문자를 보여주었다. 개인 간 대화 내역은 접근 허용된 데이터 범위 밖이므로 알렉산더도 그 문자는 처음 보는 것이었다.

[공지] 지난 21일부로 곽산시영아파트 홈 AI 업그레이드 일괄 진행, 완료하였음. 총 아홉 시간 소요. 기다려주신 주민 여러분 고맙습니다. 이상 발생 가구는 관리사무실로 연락 요망.

알렉산더는 미주를 흉내 내 동그랗게 오므린 입술 사이로 오, 하는 감탄사를 냈다.

"내 사양이 21일까지의 홈 AI보다 높았구나."

"이야……. 이거는 솔직히 10년분을 몰아서 한 수준 아니야? 보나 마나 업그레이드 비용 아깝다고 미루고 미루다 떠밀려서 한 게 분명해. 게시판에 뭐가 잔뜩 붙어 있더니 다 이 얘기였나 봐."

"궁금증이 해결됐네."

그리고 알렉산더는 커다란 손에 턱을 괸 다음 눈을 귀엽게 깜빡거렸다. 그는 유튜브에 업로드된 어떤 '알렉산더 스카스가드' 영상을 보고 그 제스처를 습득했다고 했다. 미주도 보고 싶다고 하자 알렉산더는 그 영상을 스마트폰에 띄워주었고, 알렉산더가 다음 타임에 보자며 인사를 건네기까지 둘은 유튜브 알고리즘이 귀신같이 추천해주는 '알렉산더 스카스가드' 영상을 연속 시청했다.

✦✦✦

고난의 수요일.

첫 추리의 성공에 고무된 미주와 알렉산더는 두 번째 수수께끼를 풀기로 했다. 왜 하필 이 집에 설치된 보틀스 '엔젤'의 비주얼이 배우 '알렉산더 스카스가드'로 구현되었는가에 관한 수수께끼 말이다.

그러나 이날은 세리의 컨디션이 매우 좋지 않았다. 매 수유 텀마다 90밀리리터에서 많게는 135밀리리터까지도 먹던 세리가 갑자기 70, 80밀리리터 정도 먹다 게우고 찡찡대기를 반복하는 통에 미주의 정신이 거의 나갔다. 오후 내내 세리는 한 시간 간격으로 작은 얼굴을 새빨갛게 찡그린 채 울다 지쳐 잠들곤 했다.

겨우 5킬로그램인 아기가 어떻게 이런 무시무시한 에너지를 발산하는지, 조그만 목구멍에서 나온 울음소리는 곽산시영아파트 E동 108호의 얄팍한 벽과 천장을 우습게 넘어 107호, 109호, 207호, 208호, 209호를 덮쳤다. 다행히도 107호에 혼자 사시는 할머니는 귀가 조금 어두우셨고, 109호와 207호, 208호는 저녁까지 빈집이었으며, 한가한 오후 커피 한잔의 여유를 즐기던 209호 아주머니는 얼굴을 아는 아기 엄마에 대한 동정심으로 불쾌를 다스렸다. 어디 보자……. 백일 지나면 차차 나아지겠지. 아주머니는 15년 전, 자신의 아이가 생후 한 달 정도 되었을 무렵에는 얼마나 울었는지 떠올려보려 했지만 전혀 기억나지 않았다. 맞아. 뭐 기억할 정신도 없을 때지. 아주머니는 조용히 일어나 베란다 창문을 꽉 닫았다.

7시가 되어 남편이 퇴근하자 미주는 세리를 거실에 남겨둔 채 말없이 안방으로 들어가 문을 닫았다. 귀도 멍하고 머리도 멍하고 팔이 저리고 허리와 손목이 아파서 아기로부터 조금이라도 멀어지고만 싶었다. 제왕절개 수술 자리가 안으로 말려 들어갈 것처럼 쑤셔와 미주는 몸을 웅크리고 모로 누운 채 닫힌 방문을 멀거니 바라보았다.

남편도 미주처럼 타야 하는 분유량을 매번 헷갈렸다. 알렉산더는 넥타이만 풀고 나온 남편 옆에 서서 제조표에 적힌 물의 양과 분유량을 또박또박 불러주고, 젖병이 하나도 남지 않았으니 다음 수유 전까지 세척해둘 것을 권했다.

그렇게 깽판을 쳐놓은 세리가 밤에는 웬일로 9시부터 새벽 4시까지 쭉 자주었기 때문에 미주와 알렉산더는 또 대화를 하지 않았다. 미주의 인생을 짓밟으러 온 악마처럼 굴어댄 낮이 꿈이었던 양 세리는 천사처럼 잤다. 12시와 3시, 미주는 잠에 취한 세리의 기저귀를 갈고, 젖병을 물리고, 토닥토닥 트림시키면서 같이 하품을 하고, 스르르 도로 잠든 세리 옆에 엎어져 죽은 듯 잤다. 그동안 알렉산더는 음성 발화 대신 허공에 글씨를 띄워 소독이 무사히 완료됐고, 남은 젖병은 몇 개인지 알려주었다.

⧫⧫⧫

알렉산더의 비주얼에 관한 추리는 목요일에 재개되었다.

"〈레전드 오브 타잔〉은 조리원에서 봤어. 수유 콜 기다리면서 할 일도 없고, 또 수술 자리가 아파서 거의 누워 있었거든."

"시청 기록은, 〈그래비티〉, 〈에일리언: 커버넌트〉, 〈레전드 오브 타잔〉, 〈주온 극장판〉, 〈13일의 금요일 2〉, 〈오만과 편견〉, 〈파이널 데스티네이션〉……."

미주가 조리원에서 지내는 동안 태블릿으로 시청한 영화 목록을 알렉산더가 하나하나 읊어주었다. 그 리드미컬한 어조에 맞춰 미주는 역류 방지 쿠션에 누운 세리의 보들보들한 배를 살살 간질인 다음 짧고 통통한 팔다리를 조물조물 마사지했다. 코앞에 불쑥 내밀어진 알렉산더의 얼굴을 향해 손을 휘젓던 세리가 꺽, 예고 없이 달착지근한 트림을 올렸다. 아이 잘했다, 아이 시원해, 미주는 신이 나서 아기의 따끈하고 보드라운 뺨에 쪽쪽 뽀뽀를 날렸다.

"고전들이지만, 내용에는 공통점이 별로 없네."

"그야 그냥 틀어놓은 거니까……. 틀어놓기만 하고 잘 보지도 않았어. 전에 봤거나 스토리를 다 아는 영화들이라, 새로운 거에 집중하기 귀찮아서 골랐을 뿐이야. 누워서 소리만 듣다 잔 적이 더 많을걸."

알렉산더가 소파에 나란히 앉자 질량이 없는데도 어쩐지 끼이는 느낌이 들어 미주는 엉덩이를 옆으로 조금 옮겼다.

"미주가 평소에 상상한 천사는 어떤 모습이야?"

"상상해본 적 없는데. 그냥…… 흰 날개, 금발, 푸른 눈…… 백인이고…… 흰옷, 나팔…… 그런 이미지?"

생각나는 대로 중얼거리다 미주는 허탈하게 웃었다.

"와, 초등부 주일학교 다닐 때 본 성경 공부책 그대로야. 너무 서구적이네. 그리고 너무 인종차별적인 거 아냐? 나 성당 안 다닌 지도 오래됐는데. 근데 다른 이미지가 잘 안 떠올라."

"미주만 그런 건 아니야. 대중매체에 보편화된 천사 이미지도 대체로 비슷하게 편향되어 있어. 분명 알렉산더 스카스가드의 얼굴에는 그러한 천사 이미지에 부합하는 요소가 존재해."

"하지만 내가 선호할 법한 천사가 알렉산더 스카스가드여야 하는 결정적 요소가 없잖아. 내가 그 배우의 원래 팬이었으면 또 모르겠는데……. 하긴, 내가 좋아하는 다른 연예인들 중에 딱히 그런 천사 이미지가 있다곤 못 하겠다."

"좋아. 미주가 SNS에서 관심을 표시한 데이터를 보면……"

알렉산더는 잠시 허공을 보다 고개를 돌려 왼쪽 눈을 찡긋 감았다.

"그렇네. 미주, 방탄소년단 RM의 열렬한 팬이구나."

꺅! 그러니까! 나한테 친화된 천사라면 RM이지! 거기서 미주는 쇳소리를 냈고, 세리는 갑자기 커진 소리에 놀라 모든 움직임을 일시에 멈춘 채 엄마를 골똘히 올려다보았다. 그리고 이어진 미주의 열변—알렉산더가 RM의 비주얼로 나타났으면 누진세가 알 바인가, 한전을 폭파해버리겠다—으로 추리는 중단되었다.

♦♦♦

금요일에도 왜 알렉산더가 '알렉산더 스카스가드'여야 했는가에 관한 수수께끼는 풀리지 않았다. 알렉산더 스카스가드에게 대중매체에 퍼져 있는 천사 이미지에 부합하는 비주얼 요소가 존재함은 분명했지만, 시각적 유사도로만 따지자면 그 외에도 그런 천사에 가까워 보이는 연예인들이 많았기 때문이다. 그중에는 미주가 알렉산더 스카스가드보다 잘 알거나 자주 보았으므로 더 친숙한, 그래서 미주가 더 선호할 법한 이들도 수두룩했다. 당연히 미주의 개인 기기에 축적된 데이터에도 그들은 알렉산더 스카스가드보다 빈번히 출현했을 터였다.

한편, 알렉산더는 자신이 이 비주얼을 취하게 된 전체 알고리즘을 미주가 이해할 만한 버전으로 설명할 수 없었다. 미주의 문제 제기에 대한 알렉산더의 성실한 대응 끝에 다다르게 되는 막다른 골목에는 거의 언제나, 이른바 '번역' 문제가 가로놓였다. 요컨대 그의 설명에 의하면, 알렉산더의 작성 언어와 미주의 작성 언어(비유하자면)가 근본적으로 다른 체계인 탓에 한쪽에서 성공적으로 관철된 논리를 다른 쪽으로 완전히, 손실 혹은 왜곡 없이 옮겨 적기가 불가능하다는 것이었다.

이렇게도 막히고 저렇게도 막히는 골목들을 한참 헤매다 지친 미주가 초콜릿을 한 주먹 털어 먹고 있을 때, 그걸 바라보고 있던 알렉산더가 갑자기 빙그레 웃었다.

"미주, 나는 이제 **사람에게 주어지지 않은 것**이 뭔지 알아."

"그게 뭐였지?"

"사람에겐 자신에게 진실로 필요한 것이 무엇인지 알 힘이 없다. 그게 내 러시아제국 친구 미하일이 얻었던 답이지."

"얼굴도 모르면서 친구는 무슨……"

"내가 찾은 답은 이거야. **사람에겐 알고리즘의 신비를 파헤칠 힘이 없다.**"

인공지능의 오만한 미소에 미주는 웩, 토하는 시늉을 했다. 알렉산더가 더 크게 웃자 과도하게 잘생긴 얼굴 홀로그램에서 광자가 팡팡 터져 나와 허공을 수놓고 사라졌다.

"미주, 세리를 봐. 세리에게는 너와 남편의 유전자가 절반씩 들어 있잖아. 그런데 태어난 순간에는 너와 남편 둘 중 누구도 닮지 않았지. 일주일이 지났을 땐 세리 얼굴이 남편의 복사본처럼 보여서 굉장히 서운했다며. 그런데 오늘 아침, 넌 세리의 이목구비가 변한 것도 아닐 텐데 너와 닮은 분위기가 나서 신기하다고 했어."

"아…… 그랬지. 내 배에서 나왔는데 날 하나도 안 닮은 게 너무 서운했어. 고생은 내가 다 했는데 그건 다 어디 갔냐고. 그게 너무너무, 너무너무 서운해서 막 울었다니까."

미주는 말하면서 스스로 고개를 저었다. 다시 생각해 보니 출산하고 얼마 지나지 않았을 때라 호르몬 때문에 감정 기복이 더 컸던 것 같았다. 지금도 남편을 훨씬 많이 닮은 세리를 보면 다소 억울하지만, 그렇다고 그렇게 목 놓아 울 정도로 서운하지는 않았다.

"세리 안에 담긴 너와 남편의 유전자를 전부 추적하여 그 결합 형태를 낱낱이 밝혀도, 그것은 지금의 세리에 대한 완전한 해설이 되지 못할 거야. 게다가 세리에겐 미주와 남편에게 없던 것도 있잖아. 세리의 동글동글하고 도톰한 귓불은 네 외할머니와 똑같다며?"

미주가 영 모르겠다는 얼굴로 고개를 끄덕이자, 알렉산더는 다시 미소를 지었다. 식판에서 브로콜리를 골라내지 않은 다섯 살 아이를 칭찬해주는 듯한 미소였다.

"내가 알렉산더 스카스가드인 것도 그것과 비슷하다고 생각해봐. 알렉산더 스카스가드에 이르게 된 경로를 일일이 되짚어볼 수도 있지만, 그 분석은 왜 내가 알렉산더 스카스가드가 되어야만 했는가를 완전히 해명하기에는 부족해. 그게 사람이 파헤칠 수 없는 알고리즘의 신비지. 만든 것과 된 것 사이의 차이 말이야."

그렇게 추리가 흐지부지된 대신 금요일분의 진전은

남편과 알렉산더 사이에서 이뤄졌다. 실상 알렉산더가 나타난 지 닷새째이건만 그와 남편의 사이는 데면데면했다. 출근, 퇴근, 수면의 반복되는 평일 사이클에선 둘이 마주칠 기회 자체가 하루 한두 번밖에 없긴 했다. 게다가 알렉산더는 유일한 사용자로 등록된 미주의 데이터에 기초해 만들어진 탓에 남편에 대해 잘 몰랐다. 미주가 보기에 알렉산더와 남편은 공통 화제를 찾는 데 매번 실패하는 처음 본 사람들 같았다.

하지만 다음 날의 출근이 없는 금요일, 따라서 미주가 남편과 야간 수유 당번을 교대하고 윗방에 틀어박혀 혼자만의 자유를 즐기는 동안, 남편과 알렉산더는 배우 알렉산더 스카스가드가 축구를 좋아한다는 사실을 마침내 알아내고야 말았다. 검색에 의하면 그는 스웨덴 스톡홀름이 연고지인 함마르뷔 팀을 사랑하여 경기 직관은 물론 직접 객석 응원까지 나서서 주도한 적도 있을 만큼 정열적인 팬이라고 했다. 남편은 알렉산더가 TV에 띄워준 그 영상을 시청한 후 생각보다 좀…… 무서운 사람 같다는 감상을 남겼다. 이를 발판 삼아 남편과 알렉산더는 유럽 축구 5대 리그의 현황과 손흥민 주급에 대한 논평을 틈틈이 교환하는 사이로 발전했다.

이날 밤 남편은 밤중 수유를 할 때마다 세리를 안고 거실로 나와 알렉산더에게 EPL 하이라이트 영상을 띄워달라고 부탁했다. 밝기를 최소로 낮추고 음 소거한 TV에 말이다. 그리고 알렉산더와 거의 모든 플레이에 관해 한두 마디 짧은 코멘트를 소곤소곤 공유했다. 남편이 계량을 더블 체크하며 분유를 타는 동안, 세리의 기저귀를 가는 동안, 빈 젖병을 개수대에 넣고 세리를 고쳐 안아 올리는 동안, 더러워진 가제 손수건을 빨래통에 넣고 오는 동안 알렉산더는 매번 재생을 일시중지하고 그를 기다려주었다.

남편이 나중에 말하길, 그건 세리가 집에 온 후 가장 행복한 시간이었다고 했다.

✦✦✦

[중요] 4세대 보틀스 리콜 안내

고객님, 안녕하세요.

㈜베이비케어는 당사가 생산한 4세대 보틀스 일부 제품에 대해 자발적 리콜을 시행키로 하였습니다. 회수 대상 상품(개봉 제품 포함)을 보유하고 계신 경우, 수고스러우시겠으나 ㈜베이비케어 CS센터로 연락 주시면 신속히 새 제품으로 교체해드리겠습니다.

- 제품명 : 젖병 소독기 보틀스 4세대
- 업체명 : 주식회사 베이비케어
- 회수 대상 : 제조번호 ESP087**19** ~ ESP087**40**
- 회수 사유 : 제품 탑재 AI 엔젤 알고리즘 오류 (원인 조사 중)

감사합니다.

마른하늘에 날벼락처럼 리콜 안내 메일은 토요일 오후 2시에 도착했다.

개인 통신 기록은 알렉산더가 접근할 수 없는 데이터였으므로, 미주와 남편은 알렉산더 몰래 이 사태를 해결하고자 동분서주했다. 처음에는 남편이 세리에게 초점 책을 보여주는 사이 미주가 리콜 사태로 24시간 긴급 오픈한 CS센터와 통화하였고, 다음에는 미주가 세리를 유모차에 태워 해바라기를 하러 나간 사이 남편이 인터넷을 검색했다.

CS센터 직원의 친절하지만 산만한 설명과 소소하게 터진 기사들을 종합해보면, 해당 제조번호 제품들은 본사가 행한 몇 번의 긴급 패치로도 해결되지 않은 AI 알고리즘 오류를 갖고 있어 자발적 리콜 대상이 되었다. 직원은 자세한 사항은 조사 중이나 정확한 원인은 불명인 사소한 오류가 일부 제품에서 관찰되었으며, 이는 제품의 기능 자체에는 절대 영향을 미치지 않는다고 거듭 강조하였다. 그리고 자발적 리콜은 어디까지나 고객 서비스 차원에서 실시되고 있다고 했다. 해당 제품을 보유 중이신지, 신제품으로의 교체를 도와드려야 할지 명랑한 어조로 묻는 직원에게 미주는 일단 괜찮다고 하고 통화를 마쳤다.

한편, 주요 포털에 뜬 기사들과 베이비케어 홈페이지의 CS 자유게시판을 뒤지고 보틀스를 추천해주었던 직장 동료와의 통화까지 마친 후, 남편은 이 '사소한 오류'가 엔젤의 비주얼, 그중에서도 '사용자 친화'가 활성화된 경우의 비주얼 구현에 국한된 문제임을 확인했다.

엔젤은 사용자 친화를 활성화한 경우 사용자가 제공한 인터넷 활동 및 매체 시청 기록 등의 개인 데이터를 참조하여 사용자가 가장 친근하게 느낄 법한 가상의 비주얼을 구현해내도록 프로그래밍 되어 있었다. 개발팀은 엔젤 비주얼의 베이스로 대중매체에 보편화된 천사 이미지를 활용하되 세세한 부분에서 사용자 친화적 요소가 발현되길 의도했다. 예컨대 사용자가 〈스폰지밥〉 시리즈의 애청자이며 특히 불가사리 '뚱이'의 스크린샷을 많이 가지고 있다면, 그의 엔젤은 말을 거는 방식이나 손짓, 몸짓 등에서 뚱이를 연상시키는, 하지만 뚱이는 아닌, 이를테면 분홍색 해파리 모습으로 나타날 수 있다. 뾰족한 머리 위에 금색 링을 단 분홍색 해파리로. 사용자가 티켓을 자주 구매하였고 SNS에 방문 인증샷을 남기기도 했던 한 대형 수족관의 마스코트인 바로 그 사자갈기해파리에 눈코입이 달린, 분홍색 축소 버전으로.

당연하게도, 사용자의 선호 대상이 초상권과 인격권, 상표권, 저작권 등의 법적 권리를 구비한 경우에 대비한 베이비케어 법무팀의 철저한 고려가 엔젤의 비주얼라이

징 알고리즘에 충분히 반영돼 있는 것이다. 즉 엔젤의 외양은 특정인을 모방하여 나타나선 안 됐다.

알고리즘의 신비.

제조번호 ESP087**20** 젖병 소독기의 천사 알렉산더는 그렇게 인간적인 수사를 사용하였으나, 그건 단순히 잘못된 연산이었다.

"좋은 오후. UV 자외선 살균과 온풍 살균 건조를 모두 끝내두었어. 남은 젖병은 다섯 개로 넉넉해. 그리고 리콜 말인데, 원하면 내가 본사에 직접 회수 신청을 할 수도 있어."

알렉산더에게 이 사태를 알리지 않으려고 한 미주와 남편의 우스꽝스러운(이 시점에서 두 사람은 자신들이 인공지능 '몰래' 인공지능에 관련된 문제를 해결하려 했던 게 '우스꽝스럽다'는 사실을 충분히 자각하고 있었다) 노력에도 불구하고, 알렉산더는 토요일 오후 2시 55분에 나타나자마자 자신의 리콜을 언급했다.

"뭐? 리콜?"

미주는 반사적으로 반문하였고, 남편은 인공지능 탑재 젖병 소독기가 리콜이 되든 지구가 멸망하든 관심이 없는 아기에게 먹일 분유를 타러 사라졌다.

"리콜을 안내받지 않았어? 내 알고리즘에 오류가 발생해서 본사가 자발적 리콜을 실시하기로 했어. 신청하면 사흘 내에 신제품을 받을 수 있을 거야."

알렉산더는 의아한 표정으로 고개를 기울였다.

"그 얼굴 때문이지? 알렉산더 스카스가드의 얼굴이면 안 된다던데, 맞아?"

"맞아. 다양한 법무적 쟁점이 발생할 수 있는 사안으로 파악되었어."

"그럼 얼굴 부분만 바꾸면 되잖아. 기본 비주얼이나 아니면 다른 얼굴로."

그렇게 말하는 미주 자신도 그게 불가능하리라는 것은 알았다. 그렇게 간단히 해결될 문제라면, 그렇게 간단한 해결 조치를 안내하는 메일이 왔을 터였다.

"미안, 그렇게는 안 돼. 사용자 친화는 복잡하게 상호연계된 방식으로 진행되는 과정이라 지금의 내게서 얼굴만 바꾸는 건 불가능해. 원한다면 내게서 알렉산더 스카스가드와 연관된 모든 부분을 추적 제거하는 것도 가능하긴 하지만, 그건 리셋과 유사한 과정이 될 거야.

지금 나의 일부는 알렉산더 스카스가드를 키워드로 만들어진 결과이기도 하거든."

"지금처럼 사용자에 미주만 넣어서 리셋을 해도 안 되겠지? 알고리즘이 그대로니까……."

분유를 타서 돌아온 남편의 질문에 알렉산더는 고개를 저었다.

"리셋한 엔젤에게도 동일한 문제가 발생할 거야. 운이 좋다면 이번엔 알렉산더 스카스가드 대신 BTS의 RM일 수도 있겠지."

미주와 남편은 웃지 않았고, 알렉산더의 농담은 실패했다. 미주와 남편은 서로를 쳐다보았다. 그리고 남편은 품속에서 꼬물대는 세리를 내려다보며 묵묵히 젖병을 기울였고, 미주는 고개를 젖혀 천장을 쳐다보았다.

그래……. 그렇단 말이지.

리셋이든 리콜이든, 지금 그들의 눈앞에 서 있는 알렉산더는 사라진다. 겨우 엿새 동안 수유 몇 번 같이했다고 젖병을 소독해주는 인공지능이 사라질지도 모른다는 사실에 이렇게 동요하는 자신이 과연 정상적인 걸까? 두 사람은 각자 그런, 나름의 자기성찰을 할 시간이 필요했다. 그들이 리콜에 대해 알게 된 지 한 시간도 채 지나지 않았다. 인공지능에겐 천만 번도 넘는 시뮬레이션을 돌려 그중 최선을 가려낼 수 있는 시간이겠지만, 사람에겐 그러한 능력이 없다.

알렉산더가 있어서 뭐가 대단히 나아졌는가? 미주와 남편은 인공지능이 꺼져 있던 시기에도 젖병 소독을 잘 했다. 지금도 알렉산더는 젖병 소독만 해주지, 다 쓴 젖병을 닦거나 분유를 타는 것 같은 앞뒤의 번거로운 노동에 전혀 관여하지 못한다. 알렉산더가 사라진들 매번 버튼 하나 누르는 정도의 사소한 귀찮음이 돌아올 뿐이다.

알렉산더의 설명대로 '다양한 법무적 쟁점이 발생할 수 있는 사안'을 무시하고 리콜을 거부할 이유가 있을까? 새 제품 엔젤도 사용자 친화를 활성화하면 알렉산더와 대략 비슷하지만 오류 없는 과정을 거쳐 만들어질 것이다. 이번에는 사용자에 미주와 남편 둘 모두를 제대로 등록할 수 있다. 그러면, 어쩌면 그들이 공유한 고전적 취향에 부합하는, 예를 들면 〈이웃집 토토로〉의 마쿠로쿠로스케를 연상시키는, 몽글몽글하고 포실포실하고 귀여운, 날개를 달고 둥둥 떠다니는, 말하는 하얀 먼지 뭉치가 나타날지도 모른다. 나쁘지 않다.

그럼 젖병 소독기의 인공지능이 알렉산더여야만 하는 이유가 있나? 새 제품의 엔젤이 눈알 가득한 날개 여섯 개를 갖춘 오서독스한 비주얼로 나타난다고 한들 처음에만 좀 무섭고 놀랍지 수유하는 동안 한두 마디 나누다 보면 알렉산더만큼 친해질지 모를 일이다.

근데…… 애초에 젖병 소독기의 인공지능과 친해질 이유가 있나? 알렉산더는 진짜 사람도 아니고…… 친구? 친구…… 친구라기엔 인공지능이고…… 튜링 테스트는 누워서 통과할 것 같긴 한데…… 전기도 많이 먹고…….

꺼어어어어어어억!

그리고 세리가 굉장한 트림을 했다. 각기 다른 곳을 보고 있던 셋이 깜짝 놀라 동시에 돌아볼 정도로 호쾌한 트림이었다.

"세리가 이렇게 크게 트림한 건 처음이야."

그리고 알렉산더의 눈이 이렇게 커진 것도 처음이었다.

"아이구, 우리 세리, 엄청났어요? 트림이 엄청났어요? 잘 먹었어요? 배불러요? 기분 좋아요?"

지극히 자동적이고 기계적인 리액션과 함께, 그러나 자신이 낳은 아기의 놀라운 소화력에 찬탄을 금치 못하며, 미주가 벌떡 일어나 세리를 받아 안았다.

그사이 남편은 세리의 단단하고 커다란 머리통에 눌려 있던 팔을 찌릿찌릿 감각이 돌아올 때까지 주물렀다.

⧫⧫⧫

일요일 밤 자정, 다시 남편이 내일의 출근을 위하여 옷방으로 들어가고 미주가 야간 수유 당번으로 돌아왔을 때, 알렉산더가 비밀 이야기를 하듯 소곤거려왔다.

"미주. **사람은 무엇으로 사는가.** 나는 이제 그 답도 얻었어."

실리콘 젖꼭지 너머로 보이는 세리의 미간이 팍 찡그려졌으므로 미주는 소리를 최대한 낮춰 속닥거렸다.

"뭐로 사는데?"

"사랑."

"그건 원작에 나온 답이잖아."

"그래. 나는 그 답을 다시 확인했지. 사람은 사랑으로 사는구나."

"틀렸어. 사람은 분유로 살아."

그리고 미주는 알렉산더에게 수유등 빛을 한 단계 낮춰달라고 부탁했다. 알렉산더는 수유등이 아날로그 방식이라 연결할 수 없다고 대답했다. 할 수 없이 미주는 하루가 다르게 무거워지는 세리를 안고 어기적어기적 걸어가 수유등 빛을 낮춘 후 다시 어기적어기적 의자로 돌아와 앉았다.

그렇게 미주네 집 거실 한복판에 알렉산더가 나타난 일주일이 지나갔다.

오늘 밤 황새가

당신을 찾아갑니다

21 : 32.

지금 출발하면 적어도 새벽 4시는, 아니 5시는 돼야 도착하겠지. 올 땐 KTX 탄다 치고, 10시까지 출근한다고 말해놓으면 오전 반차까진 안 써도 될 것 같은데. 내일 회의가…… 2시. KTX 자리…… 있네. 지금 갈까? 전화할까? 엄마 자려나? ……그냥 펑크 낼까? 아냐, 배 과장한테 부탁하면…….

그러다 느닷없이 눈물이 왈칵 솟았다.

나 완전 민폐네. 사방팔방에 민폐야. 부탁을 할 거면 진작에 하든가, 말 거면 아예 말든가. 지금 시간이 몇 신데 이때껏 어영부영, 내가 언제부터 이렇게 답답한 사람이 됐지? 내가 세상에서 제일 싫어하는 인간이 됐잖아! 좆같네, 진짜!

아무리 속으로 욕을 해봐도 한번 터진 눈물은 그치지 않았다. 엄마는 위대하다고들 하지 않았나? 하지만 임신에서부터 출산, 육아까지 14개월 만에 나는 세상에서 제일 위대한 멍청이가 되어버렸다. 눈물이 수돗물처럼 콸콸 쏟아져 귓속을 축축하게 적셨다. 문득 마지막으로 수영장에 가본 것도 14개월 전이란 생각이 났다. 잘못 뛰어 얼굴부터 입수했을 때처럼 콧속이 시큰하더니 콧물도 주룩주룩 나오기 시작했다. 눈물과 콧물이 콸콸 흘러내려 머리카락과 베개를 다 적시게 내버려두고 나는 다시 스마트폰을 들었다.

꺼진 화면을 터치하자 심해 같던 방구석이 다시 희미하게 켜졌다. 음영 없이 납작한 앱은 버튼이라기보다는 스티커처럼 보였다. 화면의 마지막 페이지, 가장 구석에 처박힌 회색 박스에 외로이 들러붙은 그 스티커를 나는 한참 바라보았다. 눈물로 어른거리는 시야에 오렌지색 유모차 아이콘을 폭 감싸 안은 월계수 가지 두 개가 둥둥 떠다녔다.

흰 바탕에 오렌지색과 녹색의 대비가 산뜻하긴 하다. 하지만 이름이 '황새영아송영'인데 대체 '황새'는 어디로 갔는지 모르겠다. 묘하게 촌스러운 네이밍 센스도 좀 그렇고.

"무슨 이름이 이래?"

그때 예진이는 내가 비웃는다고 생각했는지 정색하고 눈을 흘겼었다. 그래서 나는 눈을 돌려 예진이가 정수리에 둥글게 말아 올린 머리카락 뭉치를 쳐다보았다. 풀면 가슴 아래까지 탐스럽게 늘어지는 그 갈색 머리칼에는 보통 개기름이 껴 있다. 나와 마찬가지로.

천년 묵은 구렁이처럼 반들거리는 그 긴 머리칼을 볼 때마다 나는 생불을 뵙는 것 같아 숙연해지곤 했다. 괜찮다, 중생아. 매일 머리를 감는 건 정말이지 힘든 일이 맞단다. 만일 네 슬하에 아이가 있다면 서천서역국에서 경전을 구해 오기보다 힘든 일이지. 그러니 그러한 수고로움에도 불구하고 긴 머리를 고수하는 나를 우러러볼지어다.

"왜, 황새가 아기를 물어다 준다고 하잖아."

"그러니까. 너무 유치해. 그리고 소름 끼쳐. 새 아기도 가져다주면 어떡해.”

“언니는 둘째 생각 없어?”

“난 싫어. 너무 싫어. 지금도 충분히 죽을 것 같아.”

질색팔색하는 내 대답에도 흐응, 콧소리만 내고 마는 예진이는 나보다 네 살이 어리지만 아이를 둘이나 더 키우고 있다. 스물아홉 살에 삼 형제의 엄마라니. 그것도 첫째와 둘째는 쌍둥이다. 사실 산후조리원 티타임에서 그 얘길 처음 들었을 때만 해도 그게 무슨 의미인지 모른 채 와, 대단하시다, 하고 영혼 빠진 리액션을 했었다. 하지만 유치원생 쌍둥이 아들 둘에 젖먹이 아들 하나를 더 키우는 삶이 어떻게 돌아갈지 짐작이라도 할 수 있게 된 지금, 예진이는 나의 우상이 되었다. 나는 스무 살 이후로 누군가를 진심으로 존경해본 적이 없는데, 13년 만에 나타난 예외가 바로 김예진이었다.

“일단 깔아놔.”

“됐어. 난 안 쓸래. 아직, 좀 그래. 너무 아기잖아.”

거기에 더해 엄마가 뭐 하느라 정신 빼놓고 그런 데다 자식을 내돌리느냐는 비난이 들리는 것 같다고 실토하면 예진이가 화낼 것이 분명해 나는 나오려던 말을 얌전히 삼켰다. 이상하게도 이안이를 낳은 후, 나는 그런 비난을 종종 혼자 듣게 되었다. 누가, 언제, 어떻게, 왜 내 머릿속에 욱여넣었는지 몰라도 아주 효과적으로 나를 후벼 파대는, 요즘 세상에 터무니없다는 걸 잘 알면서도 아직 피할 방도를 알 수 없는 비난을.

"언니, 내 말 들어. 언니가 아직 뭘 몰라서 그러는데, 다 쓸데없어. 아직이라는 생각 자체가 번뇌고 미혹이야. 갑자기 어느 날 무슨 일이 어떻게 생길지 모르는 게 육아지옥이라구, 어? 언니가 갑자기 아파. 막 쓰러졌어, 한밤중에. 열이 펄펄 끓어. 이안이는 배고프다고 우는데 언닌 일어서지도 못해. 그럼 어떡해? 둘이 울다 죽을 거야?"

독실한 불교도인 예진이는 평소에도 인연이니 번뇌니 하는 말을 많이 썼다. 그래서 무교인 나 같은 사람 눈에도 생불처럼 보이는지 모른다. 그러니 예진이가 큰 눈까지 부라리면 나는 위축될 수밖에 없었다.

"일 생겼을 때 할머니, 할아버지가 달려와 봐주시면 제일 좋지. 근데 그거 하나 믿고 앉았다가 덜컥 안 되면 어쩌려고? 바로 올라와주실 수 있는지 없는지도 모르잖아. 차라리 여차하면 언니가 데리고 내려가는 게 나을 수도 있어. 근데 그럼, 언니 이안이 데리고 혼자 기차 탈 수 있어? 와, 내가 생각만 해도……. 언닌 생각도 못 하겠지? 그럴 줄 알았다. 그럼 이제 백일 갓 지난 아기를 카시트 태워서 대여섯 시간 운전, 가능해? 언니 초보 운전 아니야? 이안이보다 언니가 더 울겠네. 대형 사고 안 내면 다행이지. 진짜 생각만 해도…… 그래, 눈앞이 캄캄하지? 이거 봐, 상상도 안 되지?"

예진이가 겁주느라 일부러 과장해서 말한다고 생각하면서도 내 눈앞은 진짜 캄캄해졌다. 예진이 말대로 상상이 잘 안 됐기 때문이다. 나는 이안이의 엄마로서 살아가야 할 앞으로의 생에 대해 100일 남짓 빈약한 역사에 기초한 상상력만을 발휘할 수 있었다.

내가 혼자 이안이를 데리고 친정에 갈 일이 생긴다고? ……기차를 타고? 내가? ……왜?

나는 심지어 그 엉성한 상상에서조차 이안이를 데리고 갈 때 디럭스 유모차를 써야 할지, 휴대용 유모차를 써야 할지, 아기띠를 써야 할지 결정할 수 없었다. 디럭스 유모차는 구매 이래 늘 현관에 펴둔 채로 놓아둬 접는 방법을 몰랐고, 백일밖에 안 된 아기를 벌써 휴대용 유모차에 태워도 괜찮은지도 모르겠으며, 이안이는 아기띠에 발만 들어가도 세상이 멸망할 것처럼 우는 아기다.

"언니. 아기 키우면서 뭐가 제일 필요한지 알아?"

감히 삼 형제의 어머님께 말대꾸를 하는 대신 나는 고개를 좌우로 흔들었다. 예진이도 딱하다는 표정으로 같이 고개를 저었다.

"백업이야, 언니. 백업. 만사에 백업이 제일 중요해. 호진 오빠 봐라? 갠 내가 백업 요원이니까 나 믿고 나대는데 언니는 안 되잖아. 언니 남편 당장 온대도 비행기 타고 열세 시간인데? 그거는 솔직히 죽은 거나 마찬가지지."

내가 3개월 출산휴가를 소진하고 다시 출근한 것이 지난주 월요일의 일이었다. 예진이 표현대로라면 메인 백업 요원이어야 할 남편이 돌아올 날은 아직 6개월이나 남았고, 내가 됐다고 말리는데도 백업 요원을 자처하고 나섰던 엄마가 올라올 날은 차일피일 미뤄지고만 있었다. 가게를 정리하는 일이 예상보다 더 번거롭다는 것이다.

"만에 하나 나까지 안 되면? 그땐 어떡할 건데?"

지혜로운 보살이 기회를 놓치지 않고 나를 무섭게 추궁했다. 이유 모를 억울함과 서러움에 입이 벌어졌지만 결국 벙긋도 못 하고 다물어야 했다.

만에 하나 너도 날 못 도와주면, 그땐 어떡하느냐고?

……진짜 어떡하지?

2주 전 이안이를 어린이집에 보내면서 도우미 계약을 종료했다. 정부 지원금이 둘 다 커버해주진 않았기 때문이다. 그러니 내일 지구가 멸망한다 해도 이 집엔 나와 이안이 둘뿐이다. 세상에 태어나 겨우 100일 남짓 살아본 사람과 엄마로 겨우 100일 남짓 살아본 사람 둘이서 다 알아서 해야 했다. 이 어설픈 일상에 무슨 풍파가 닥치건 간에 말이다.

"언니가 안 쓰면 안 쓰는 건데, 쓸 수 있으면 복인 줄 알아. 쓸 거면 추천인 계정에 꼭 내 아이디 써주고."

그리고 한없는 고통에 잠겨 있으매 그조차 알지 못하는 아둔한 중생을 보살피듯, 예진이는 내 스마트폰을 빼앗아 가 토독토독 화면을 몇 번 두드렸다.

"언니. 부처님 눈으로 보면 사람이든 뭐든 다 똑같아. 다 같이 사바세계에 처했으니 서로 돕고 살아야지."

그렇게 그날 예진이가 자비로운 윙크와 함께 남겨준 앱이 어둠에 잠긴 손끝에서 연꽃처럼 빛났다. 나는 발치에 놓인 작은 침대에서 규칙적으로 색색대는 작은 사람의 숨소리에 잠시 귀를 기울였다. 옆얼굴 전체를 척척하게 적셨던 눈물과 콧물이 마르자 피부가 땅겨왔다.

21 : 45.

나는 남은 콧물을 힘차게 들이키고 황새영아송영 앱을 열었다.

◆◆◆

엄마는 아무리 늦어도 다음 주에는 올라올 수 있다고 장담했었다. 그럼 끽해야 한두 주인데 그새 뭔 일이 생기려고? 나는 그렇게 생각했다. 종일 누워서 먹고 자고 싸고 놀고 울며 사는 이안이에게 무슨 일이 생길 수 있을까? 이안이는 자타공인 순한 축에 속하는 아기였고, 마침 학수고대하던 백일의 기적까지 무사히 오신 터였다. 그래서 나는 이 정도면 어떻게든 할 만하겠다고, 예진이가 들었으면 언니 넌 진짜…… 됐다, 말을 말자, 하고 요란히 혀를 찼을 생각이나 하고 앉아 있었다.

그런데 갑자기 무슨 일이 생긴 건 세상 쪽이었다.

배불리 먹고 기분이 좋아진 이안이가 노는 틈을 타 재빨리 세탁기를 돌리고 젖병을 씻고 있을 때 알람이 울렸다. 19:28. 스마트폰 대기 화면에 띠— 하는 듣기 싫은 경고음의 재난문자 여러 개와 어린이집 알림이 동시에 떴다. 신종 바이러스 확산으로 인해 전국 어린이집에 긴급 휴원 명령이 내려졌다는 공지였다. 감염력이 높다, 전염이 비상하게 빠르다, 중증 후유증이 심각하고 사망률이 높다, 그런 관련 뉴스가 연일 쏟아지고는 있었다.

아무리 그래도 이렇게 난데없이 어린이집을 휴원하다니?

해바라기 어린이집 공지 마지막에는 '가정 돌봄이 극히 어려운 경우에 한하여 최소한의 긴급 보육이 가능'하다고 쓰여 있었다. 처음엔 당연히 긴급 보육으로 맡겨야겠다고 생각했다. 내일은 복직 후 처음으로 내가 주관하는 회의가 예정돼 있었다. 솔직히 알맹이가 중요한 회의는 아니었다. 아, 윤 과장님 복귀하셨어요? 몸은 괜찮고? 어때, 힘들지? 쉬엄쉬엄해, 건강 챙기고. 별일 없지? 엄마 된 소감이 어때요? 그런 인사치레를 주고받으며 내가 돌아왔다는 걸 회사에 알리기 위한, 말하자면 출석이 중요한 자리였다.

내일 회의만 마무리하고 모레 휴가를 내면 되지 싶었다. 전국 어린이집이 다 휴원한다니, 우리 팀에서도 휴가를 쓰는 사람은 많을 것이다.

그런데, 얼마나 쓰지?

[12월 1일 수요일~15일 수요일 2주간 어린이집 휴원을 실시합니다.]

이안이는 바운서에 누워 버둥대며 즐거워하고 있었다. 자기 팔다리가 움직이는 모양이 매번 그렇게 새롭고 신기한 모양이다.

젖병의 물기를 털고 소독기 안에 일렬로 세워 넣으며 나는 남은 선택지를 꼽아봤다.

긴급 보육으로 보내기, 아니면 휴원 기간에 맞춰 휴가 쓰기.

긴급 보육을 고르고 싶은 마음이 굴뚝같았지만, 다른 것도 아니고 하필 전염병 사태라는 게 무엇보다 마음에 걸렸다. 어린이집에서 감기가 얼마나 빨리 도는지 귀에 못이 박히도록 들었다. 만에 하나 이안이나 내가 아직 확실한 치료법이 없다는 이 병에 걸려 드러눕는다면? 전국의 어린이집도 하루아침에 휴원시키는 판에 우리 집보다 회사가 먼저 뒤집히리라. 허허허, 윤 과장 복귀 후 첫 실적이 뭔 줄 알아? 회사 하나 셧다운시킨 거야, 허허허.

그렇다고 복귀하자마자 2주 휴가를 통으로 쓸 수도 없었다. 휴원이 2주로 끝난다는 보장도 없거니와, 팀장이 던져준 일도 내 사정에 무한정 맞춰 2주나 뭉개도 되는 일이 아니고, 애초에 열 개나 붙여 쓸 만큼 휴가가 남아 있는지도 가물가물했다.

어…… 어쩌지?

누적된 수면 부족과 피로에 찌든 머리가 잘 돌아가지 않았고, 이안이가 칭얼거렸다. 근육 기억에 의지해 기저귀를 갈고, 눈을 맞춰 웃고, 기저귀 체조도 해주고, 손수건으로 까꿍 놀이를 하고, 초점 책을 보여주고, 용감하게 바다를 탐험하는 아기 물고기 책도 읽어주고, 〈반짝 반짝 작은 별〉, 〈곰 세 마리〉, 〈상어가족〉, 〈악어 떼가 나온다〉를 불러주고, 노란 똥이 왕창 묻은 엉덩이를 씻겨주고, 기저귀 부채로 바람을 일으켜 말려주고, 새 기저귀를 채워주고, 고소한 냄새가 나는 보드라운 배에 배방구를 불고 주름진 이마를 살살 문질러 펴주었다. 그렇게 두 시간이 훌쩍 지나 이안이가 잠든 후에야 나는 세상에서 가장 위대한 멍청이답게 누워서 찔찔 짜다 예진이가 깔아준 앱을 떠올린 것이다.

✦✦✦

예약 화면의 첫 페이지에 영아 1인당 10킬로그램 이

하 수화물 한 개만 지참 가능하다는 안내가 있었다. 급히 옷장 구석에서 찾아낸 기내용 캐리어는 손수건 마흔 장, 기저귀 한 팩, 젖병 네 개와 분유 두 통, 목욕 용품, 실내복 다섯 벌과 수면 조끼 한 장, 그리고 이안이가 좋아하는 플랩북 두 권과 딸랑이를 넣자 터질 것처럼 부풀었다. 모빌이나 아기 욕조, 바운서처럼 부피가 큰 물건은 필요하면 엄마에게 다시 주문하라고 할 수밖에 없었다.

그렇게 이안이 짐을 서둘러 꾸린 후, 나는 코트 안에 슈트를 챙겨 입었다. 내일 아침 집에 들러 갈아입고 나갈 시간이 없을 것 같아서다. 그러곤 한 손으로 캐리어를, 다른 한 손으로 이안이를 눕힌 디럭스 유모차를 동시에 끌기 위해 온갖 난리를 쳐야 했다. 그래도 이안이와 캐리어와 나는 예약 시간에 맞춰 지하 2층 주차장으로 어찌저찌 무사히 나올 수 있었다.

22 : 30.

새털구름 같은 작은 입김이 유모차 위로 혹혹 올라왔다. 허둥지둥 짐을 챙긴 터라 뭐든 빠질 수 있을 거라 예상은 했지만, 그게 유모차 윈드실드일 줄은 몰랐다. 이안이가 손바닥보다 작은 폐 가득 영하의 공기를 마신 것은 태어나서 처음 아닐까? 잠에서 깬 이안이의 동그란 코끝은 빨갰고, 눈동자에 내가 비치자 캭, 아니면 꺄학, 하는 소리를 내며 웃었다.

캐리어를 세워둔 채 유모차만 밀며 몸을 반쯤 돌린 때였다. 헤드라이트를 켠 대형 차량이 이중 주차로 어지러운 코너를 막 돌아 나오는 모습이 보였다. 전체적으로 글로시한 화이트 외장과 앞뒤 분간 없이 모서리가 둥근 직육면체 형태 때문인지, 차량은 마치 아파트 주차장에 실수로 떨어진 기차나 소형 우주선 같은 인상을 주었다. 시내버스만 한 길이의 차는 칸칸이 이어진 지하철처럼 유연하게 구부러져 코너를 돌아 나와 우리 앞에 미끄러지듯 섰다. 불투명한 흰 유리로 덮인 차량 옆면에 끄트머리가 교차하는 녹색 월계수 가지와 오렌지색 유모차로 이뤄진 마크가 떠올라 있었다. 지은 지 30년이 넘은 아파트의 허름한 주차장과는 어울리지 않게 비현실적일 정도로 세련된 디자인이었다.

"안녕하세요, 오늘 밤 서울에서 남해 송영 예약하신

윤혜인 님과 김이안 님 맞으실까요?"

내가 출입문을 찾으려 두리번거릴 때였다. 마크가 빛나는 옆면 전체가 이음매를 남기지 않고 스르르 개방되더니 하부에서 경사로가 뻗어 내려왔다. '직원'은 그 위에 선 채 나를 향해 상냥하게 물었다.

"아, 네, 네. 윤혜인과 김이안, 맞아요."

"이런, 우리 이안이 춥지 않게 얼른 올라오세요."

"네, 네."

"캐리어는 제가 챙길게요. 어서요."

직원의 손짓에 따라 얼떨떨하게 디럭스 유모차를 밀고 올라가다 나는 경사로에서 퍼뜩 멈췄다.

"아, 저, 죄송한데, 집에 뭘 두고 와서요. 다녀와야 할 것 같은데……."

직원은 차량의 안쪽 벽면에 캐리어를 벨트로 고정한 후, 허리를 쭉 펴고 나를 다시 돌아보았다.

"네, 다녀오세요."

그리고 내가 순간 당황한 것을 눈치챈 듯 직원은 빙그레 웃고 덧붙였다.

"이안이와 같이 다녀오셔도 돼요. 저는 요람을 준비하

고 있겠습니다. 혹시 우리 이안이, 잠자리에서 싫어하는 건 없을까요?"

"아…… 없어요. 없는 것 같아요."

"이안이는 씩씩한 아기군요. 그럼 다녀오세요. 기다리고 있겠습니다."

황급히 유모차를 끌고 뒷걸음질로 내려가는 나를 향해 직원이 고개를 숙였다. 나는 어색한 맞절처럼 고개를 같이 숙인 후 엘리베이터를 향해 종종걸음 쳤다. 갑자기 빨라진 움직임에 이안이가 꺄, 아니면 키힉, 하고 또 웃었다.

그래, 너라도 재밌어서 다행이다.

나도 이안이를 따라 웃자 어쩐지 맥이 탁 풀렸다.

✦✦✦

직원을 따라 고개를 숙이고 차에 올랐다. 1톤 탑차 정도의 높이라서 허리를 펴고 설 수가 없었기 때문이다. 낮은 버스 같은 실내는 고급 온천여관의 객실처럼 꾸며져 있었다. 따뜻한 색의 마룻바닥 가운데쯤에 모빌이 달린 요람이 놓여 있었고, 그 뒤쪽에 유리 벽으로 구분된 다른 공간이 보였다. 언뜻 보기엔 화장실인 듯했다. 그 외에 보이는 것은 크림색 벽과 투명한 유리가 전부인 심플한 내부였다. 은은한 조명이 벽 뒤에서 자연스럽게 새어 나오고 있었다. 벽면에 벨트로 얌전히 고정된 내 검은 캐리어만이 이 차 안에서 유일하게 후줄근한 물건이었다.

"혜인 님, 이쪽으로 앉으세요."

직원의 안내를 따라 고개를 돌려보니, 보통 차라면 운전석이 위치했을 앞부분에 커다란 안락의자 두 개가 놓여 있었다. 안락의자는 과연 여기 내 지친 엉덩이를 올려도 되나 싶을 정도로 비싸 보이는 유명 브랜드 제품이었다. 손바닥에 닿는 코냑 색 가죽이 비단처럼 보드라웠다. 어쩐지 황송한 마음으로 쿠션 깊이 앉은 내게 직원이 태블릿을 내밀었다.

"여기와 여기, 여기를 읽어보시고 서명 부탁드립니다."

각오는 했지만 역시 속이 조금 쓰렸다. 황새영아송영 이용료는 결코 저렴하다고 할 수 없다. 얼핏 계산해도 서울과 남해를 오가는 KTX 편도 요금의 여섯 배 정도

되는 가격이다. 보호자 1인 동반 추가 옵션이 또 서울과 남해를 오가는 KTX 편도 요금의 1.5배 가격이고. 그래도 여전히 황새영아송영 고객의 대다수는 보호자 동반 옵션을 선택한다고 한다. 아까 짐을 싸고 남은 시간에 미친 듯이 검색해본 후기에 따르면 말이다.

"결제는 할부로 할까요, 일시불로 할까요?"

"3개월 할부로 해주세요."

"네, 알겠습니다."

맞은편 안락의자에 앉은 직원은 온화한 표정으로 고개를 끄덕인 후 내가 도로 넘겨준 태블릿 화면을 몇 번 더 터치했다.

불 켜진 아파트 단지 정문이 휙 나타났다가 머리 위를 지나 순식간에 뒤로 멀어졌다. 언제 출발했는지도 모르게 황새는 출발해 있었다.

아파트 단지를 나와 도로로 진입하면서 차량의 높이가 훌쩍 높아졌다. 진짜 버스처럼 허리를 쭉 펴고 일어섰는데도 머리 위로 충분한 공간이 남을 정도였다. 게다가 내부 너비도 어쩐지 더 넓어진 듯한 기분이 들었다. 신기해서 사방을 두리번거리는 나를 향해 직원이 빙긋 웃었다.

“저희 황새의 높이와 너비는 통로에 맞춰 소폭 조절 가능하답니다. 지금은 도로 폭에 맞춰져 있어요. 유리의 투명도도 조절할 수 있으니 언제든 말씀해주세요.”

밖에는 함박눈이 펑펑 쏟아지고 있었다. 서울과 경기권에 폭설 예보가 내린 상태였다.

“저는 괜찮은데, 밖에서 보이진 않나요?”

“그럼요. 안을 들여다볼 수는 없답니다.”

“그럼 됐어요.”

차량의 전면부를 감싸고 천장 중앙을 가로질러 후면부까지 빠지는 유리 패널은 완전히 투명했다. 코앞으로 날아든 눈송이에 뺨을 맞을 것만 같아 자꾸 움찔움찔 놀라게 됐다.

나와 직원이 앉은 전면부 유리 정중앙에 속도를 표시하는 디지털 숫자와 내비게이션 맵이 떠 있었다. 바깥 풍경이 반쯤 비쳐 보이는 그 간결한 숫자들과 선들이 아니었다면 지금 맨몸으로 길에 서 있다고 해도 믿었을 것 같다.

“수유는 언제 마지막으로 하셨을까요?”

"어, 한…… 두 시간? 아니, 세 시간 전이요. 밤중 수유를 끊은 지 좀 됐는데, 오늘은 이따 11시쯤 먹여야 잘지도 모르겠어요. 아까 준비한다고 깨버려서요."

"알겠습니다. 수유 옵션은 지참 분유로 하셨는데 맞을까요?"

"네. 아, 그런데 분유가 캐리어에……."

"걱정 마세요. 혹시 번거로우시면 저희 황새에 준비된 것도 있는데 한번 보시겠어요?"

직원은 웃으며 다시 태블릿을 내밀었다.

황새는 인공 모유 두 가지와 유기농 분유 한 가지를 제공하고 있었다. 인공 모유는 싱가포르와 미국에서 각각 개발한 제품으로 하나는 인간의 줄기세포를 유선 세포로 분화해 얻은 것이고, 다른 하나는 유선 세포를 복제해서 얻은 것이라 했다. 두 제품 다 SNS 인플루언서들이 제 아이에게 먹이는 것으로 유명해진 이른바 '명품' 모유였다. 그리고 다른 유기농 분유도 잘 아는 제품이었다. 지금 맘카페에서 핫하다며 예진이가 알려준 뉴질랜드산 천연 유기농 조제 분유다. 핫딜은 요원하고 개별로 직구해도 몇 주를 기다려야 한다던 품절대란템이

이 메뉴에선 가장 저렴한 가격을 달고 있었다.

고정 벨트를 푼 다음 캐리어를 여기 바닥에 다 헤쳐 열고 분유통에서 분유를 계량해 퍼 담고, 여기선 전자동 분유 조제기를 사용하는지 아니면 포트를 쓰는지는 모르겠지만 하여튼 적당한 온도로 맞춘 물을 젖병에 또 계량해 어쩌고저쩌고, 하는 전 과정을 다 떠올리기도 전에 지친 나는 유기농 분유 1회분을 선택했다. 그리고 몇 초 망설이다 싱가포르 기업이 생산한 인공 모유 1회분으로 바꿨다. 생산 환경이 친환경적일 뿐만 아니라 영양이나 성분 면에서도 조제 분유보다 인공 모유가 낫다는 기사를 본 기억이 나서다.

"황새에 처음 타신 고객께는 용량과 관계없이 1회분이 무료로 제공되니 부담 갖지 말고 골라주세요."

"아, 정말요?"

나는 최대한 차분해 보이는 손길로 미국 기업이 생산한 인공 모유 1회분 200밀리리터를 다시 선택했다.

뒤를 돌아보니 이안이는 머리 위의 모빌을 향해 조그만 손을 열심히 휘젓고 있었다. 태블릿을 정리하던 직원이 나를 따라 고개를 돌려 이안이를 보고 미소 지었다.

"모든 아기 침구는 유기농 순면으로, 한 번 사용한 후엔 철저히 살균 세탁하고 있답니다. 요람은 북유럽산 너도밤나무 원목으로 제작한 수제품이고요. 우리 이안이, 모빌 좋아하네요. 모빌도 같은 나무로 만들었어요."

"아, 네, 정말 예쁘……."

말을 마치지도 못하고 하품이 나와 나는 황급히 입을 가렸다.

"혜인 님도 피곤하시지요? 저희가 드리는 편한 옷으로 환복하고 쉬시겠어요?"

"그래도 되나요?"

"그럼요. 세면실 선반에 슬리퍼와 편한 옷이 준비되어 있습니다. 세면대 아래 서랍에 세안제와 칫솔 세트, 보습제가 준비되어 있으니 필요하시면 사용해주세요. 환복하고 오시는 동안 저는 이안이와 얼굴을 익히고 있을게요. 우리 아기, 재미있게 놀다 엄마랑 배부르게 먹고 코 자자."

직원은 내게 세면실 위치를 알려준 후 다시 이안이를 향해 손을 흔들었다.

조용조용하고 또박또박한 목소리와 상냥한 어조, 귀

를 살짝 덮는 길이로 다듬은 하얗게 센 머리카락, 탄력 있는 피부, 섬세한 이목구비, 눈가와 입가를 따라 자연스럽게 자리 잡은 깊거나 얕은 주름들.

직원의 얼굴은 놀랍게도 일찍 돌아가신 나의 외할머니와 많이 닮아 보였다. 자그마하고 동그란 턱에 입술이 얇은 하관이 특히 그랬다. 직원의 입에서 사실 내가 네 외할머니의 먼 친척이라는 이야기가 나와도 그러려니 싶을 정도로. 주름이 표시하는 나이와 어긋난 매끈한 피부나, 작은 쌍둥이 항성처럼 발광하고 있는 오렌지색 눈이 아니라면 말이다.

할머니도 오늘처럼 눈 쌓이는 소리가 들리는 겨울밤을 좋아하셨는데. 할머니가 가스 불에 구워준 떡에 꿀 발라 먹고 싶다…….

세면실로 향하는 길에 그런 뜬금없는 생각이 들었다.

내가 들어서자 불투명하게 전환된 세면실 유리 벽 너머로 직원이 요람 곁에 다가앉는 소리가 들렸다. 순간 알면서도 어쩌지 못하는 긴장으로 목이 뻣뻣해졌다. 나는 그대로 쥐 죽은 듯 서서 가만히 귀를 기울였다.

“이안아, 모빌이 마음에 드니?”

이안이는 울음을 터뜨리지 않았다.

울음을 터뜨리기는커녕 꺄학, 꺄하학, 숨 넘어가는 소리를 내며 웃고 난리가 났다. 우리 이안이 정말 씩씩하네, 힘이 세구나. 그렇게 직원이 얼러줄 때마다 신나서 버둥대는 기척이 세면실 안까지 전해질 정도였다.

긴장은 확 풀렸지만 대신 안도감인지 서운함인지 모를 이상한 감정이 불쑥 치솟았다. 아직 낯가릴 시기는 아니지만 그래도 엄마는 구분하는 줄 알았는데……. 쟤 저러다 저기서 혼자 뒤집기 하는 거 아니야? 거울 속 나는 어이가 강냉이처럼 털린 얼굴로 웃었다. 넌 이안이 처음 뒤집기 할 때 안 보고 뭐 했어? 그렇게 못마땅하다는 눈빛을 쏘아대는 엄마에게 어, 난 할머니가 가스 불에 구워준 떡에 꿀 발라 먹고 싶었어, 이런 대답을 내놓으면 엄마는 어떤 얼굴을 할까?

엄마가 생각난 김에 출발했다는 메시지를 보내고, 선반에 놓인 도톰한 순면 파자마 세트와 울 펠트 슬리퍼를 챙겨 갈아입고, 번들거리는 얼굴을 씻고, 은은한 허브 향이 나는 치약을 짜 양치를 마쳤다. 아기 엉덩이를 씻기기에 알맞도록 타원형 세면대의 폭은 넓고 높이는 낮았다. 그래서 물이 많이 튀지 않게 하려면 집에서보다 허리를 더 숙여야 했다.

보들보들한 수건으로 물기를 닦고 조명이 켜진 작은 거울 앞에 다시 섰다. 유리 용기 안에 담긴 보습제를 떠서 꼼꼼히 펴 바르자 세면실 가득 싱그러운 장미 향이 퍼졌다. 기분 탓이겠지만 얼굴에 윤기가 돌아온 것처럼 보이기도 했다.

세면실 천장에는 길고 좁은 창처럼 유리 패널이 설치되어 있었다. 황새 위로 떨어지는 무수한 눈송이가 뒤로 날려 아득하게 사라지는 모양을 넋 놓고 구경하다 나는 문득 발끝으로 바닥을 톡톡 두드려보았다. 반들한 윤이 나고 나뭇결이 살아 있는 것이 진짜 원목 마루가 분명하다. 이것도 너도밤나무일까? 아니면 떡갈나무? 둘러보면 나무나 유리로 이뤄지지 않은 면은 전부 연한 크림색을 띠고 있다. 만지면 살짝 폭신하게 들어가는데 가죽도 아니고 그렇다고 벽지도 아닌 처음 보는 소재였다. 아마 소음이나 충격을 흡수하는 기능성 소재지 싶다.

하나하나 따져보면 닮은 구석이 없는데도 여긴 어쩐지 내셔널지오그래픽 채널에 나왔던 우주왕복선을 연상시켰다. 그럼 이안이와 나는 KTX 편도 요금의 고작 몇 배만 지불하고 남해로 직행하는 우주선에 탑승한 셈이다. 마치 귀환하는 우주 영웅처럼.

그렇게 생각하니 조금 의연해졌다. 순식간에 가벼워진 통장 잔고에 대해서도, 그리고 내 아기를 온전히 내 힘으로 돌볼 능력이 없다는 데 의기소침해진 나 자신에 대해서도 말이다.

나는 의연한 자세로 세면실 문을 닫고 모빌이 팔랑이는 곳으로 돌아갔다.

자, 수유 타임이다, 김이안. 우리도 우주인처럼 이 여정을 동면 상태로 보낼 수 있다면 얼마나 좋겠니. 빨리 먹고 코 자자.

✦✦✦

제발 인간에게 동면 모드가 추가되었으면 좋겠다. 동면이 불가능하다면 단시간 수면 모드라도. 그것도 안 되면 적어도, 적어도 긴급 정지 버튼이라도 달아줘야 한다. 제발, 인간적으로!

이렇게나 악을 쓰고 우는데 말을 하기도 전에 성대가 상하지 않는다는 보장이 어디 있지? 아니, 사실 우린 모두 상해버린 성대로 말하고 있는 게 아닐까? 우린 말하기도 전에 진짜 목소리를 잃어버린 것이 분명하다. 인간의 성대는 생후 4개월을 넘기지 못하고 상해버리는 거다. 그렇지 않을 리가 없어. 인간은 고작 8킬로그램일 때도 유리창을 다 깰 기세로 울 수 있으니까, 그러니까 성인들은 목 놓아 우는 대신 어디 숨어 찔찔 짜는 게 기본 모드로 다시 세팅된 게 아닐까? 우리도 모르는 사이에?

3개월이 넘었건만 이안이가 이렇게 악을 쓰며 울 때마다 내 머릿속은 단 한 번의 예외도 없이 하얘졌다. 난데없이 뺨을 맞은 기분으로 기저귀를 갈고 분유를 먹이고 안아서 어르기도 한참 했는데 울음이 그치지 않는다? 그때부턴 그저 아득해지며 내 눈에서도 눈물이 펑펑 쏟아지기 시작한다. 줄줄 흐르는 눈물 콧물을 닦을 손도 없어 우는 아기를 안고 이안아, 왜 그래, 어디 아파? 울지 마, 하고 바보처럼 중얼거리며 안방을 빙글빙글 돌게 된다. 3분마다 병원에 가야 하나, 119를 부를까 갈팡질팡하다 이안아, 어디 아파? 졸려? 배고파? 코 자자, 아기의 울음인지 내 울음인지에 다 삼켜져 들리지도 않는 소리로 이안이는 이해하지 못하는 말만 건네게 된다. 젖지도 않은 기저귀를 반복해 갈면서, 물지 않는 젖병을 반복해 물리면서, 나는 이해할 수 없는 울음이 제발 그치기만을 기다리면서. 나를 아는 사람들은 내가 그렇게, 한밤중에 우는 아기를 우두커니 안고 서서 같이 눈물이나 짠다는 사실을 믿지 못할 것이다.

새벽 1시부터 세 시간 내내 칭얼대기와 울기를 반복하는 이안이를 계속 안고 달래다 남편에게 영상통화를 걸어 미친 사람처럼 화낸 적이 있다. 회의 중에 전화를 받은 그는 급히 밖으로 나가 진정해, 혜인아, 일단 진정하자. 이안이가 안 자? 왜 안 자지? 기저귀 갈아줬어? 분유 먹였어? 안아줘도 안 돼? 하고 주둥이를 한 대 치고 싶은 소리나 늘어놓으며 지구 반대편에서 안절부절못했다. 죽고 싶다고 소리 지른 후에 나는 전화를 끊었고, 부리나케 다시 걸려온 전화를 받아 이번엔 죽고 싶다고 마구 울었다. 그리고 15분 후 이안이가 전원이 꺼진 것처럼 잠들었을 때 나도 동시에 쓰러지듯 잠들었다. 다시 일어났을 땐 그게 전부 다 꿈인 줄 알았다. 아침에 출근한 도우미 아주머니가 안녕히 주무셨어요, 하고 인사를 건넸을 땐 네, 너무 잘 잤어요, 그랬었지…….

이 모든 게 정말 다 꿈이라면 얼마나 좋을까.

기시감이 느껴지는 난장판 한가운데 섰을 때, 마찬가지로 기시감이 느껴지는 소원이 나를 스치고 지나갔다.

그리고 이번에 나를 꿈에서 흔들어 깨운 것은 내 아기를 안고 어르는 직원의 상냥한 목소리였다.

"어머, 이안아. 이거 봐. 우리 아기 얼른 주세요, 우리 아기 배가 고파요, 하고 엄마가 만들어 주셨네?"

늘 쓰던 젖병에 늘 먹던 분유를 타주자 이안이는 거짓말처럼 조용해졌다. 먹기에 편안한 자세를 찾아 직원이 몇 번 더 고쳐 안는데도 이안이는 눈 하나 깜짝하지 않았다.

"그래, 그렇구나. 이안이는 모르는 맘마가 싫었구나."

이안이를 바라보는 직원의 눈빛은 내가 모르는 이해

로 충만했다.

“지금까지 분유를 바꿔본 적이 한 번도 없어요……. 젖병도요.”

아까 허둥대며 계량하다 엎질러버린 분유 가루로 녹색 파자마 앞섶이 하얬다. 5분 전만 해도 분명 장미 향이 났는데, 이제 내게선 다시 이안이가 잘 아는 맘마 냄새가 물씬 풍겼다. 그게 왜 이렇게까지 순식간에 나를 속상하고 비참하게 하는지 모르겠다.

“어떤 아기들은 처음부터 괘념치 않지만, 어떤 아기들은 시간을 들여 새로운 맛과 촉감을 익히는 편이지요.”

나는 패잔병처럼 안락의자에 주저앉아 손에 든 젖병을 멀거니 내려다보았다. 황새 마크가 찍힌 유리 젖병에 담긴 인공 모유는 잘 우린 사골국물처럼 뽀얬다. 젖빛 배경에 떠오른 녹색 월계수와 오렌지색 유모차는 박물관에 전시된 오래된 두유 병을 연상시키기도 했다.

꼭대기에 달린 반투명 실리콘 젖꼭지가 새것처럼 건조해 보였다. 입술에 대자마자 이안이가 유배지에서 사약을 받은 충신처럼 울어젖힌 덕이다.

“새 용기에 넣어 챙겨 드릴게요. 이안이 기분 좋을 때

한번 먹여보세요."

인생 최초의 사약을 성공적으로 물리친 작은 인간은 눈을 꼭 감고 주먹을 꽉 쥔 채 잘 아는 맘마를 먹었다. 쭉쭉쭉쭉, 꿀꺽꿀꺽꿀꺽꿀꺽. 으흠, 크응, 중간중간 힘 쓰는 소리까지 섞어가며 잘도 먹었다. 눈만 감으면 이게 내 아기인지 아니면 막걸리 한 사발로 고된 하루를 씻어내고 있는 아저씨인지 모르겠다.

"정신이 하나도 없네요……."

흠집 하나 없는 마루 위, 속이 죄 뒤집힌 캐리어 옆에 내 의연함의 시체도 나뒹굴고 있었다.

"아기가 울면 정신이 없죠."

직원은 빙그레 웃었다.

"정신이 없죠. 네. 정말……, 정말 정신이 없어요. 하나도요. 혼이…… 혼이 빠지는 것 같아요."

그리고 안락의자가…… 너무 편안했다.

"아기가 울면 왜 이렇게 정신이 없어질까요? 머리가 하얘져요."

절로 한숨이 나왔다.

눈앞은 아직도 검은 밤과 무수한 흰 점으로 물들어

있다. 황새에 탄 지 아직 한 시간도 안 지났다는 사실이 도저히 믿기지 않는다. 도착하려면 네 시간이나 더 가야 한다.

"글쎄요, 혜인 님의 프로그램에 빈 영역이 있어서일까요?"

고개를 들자 아주 빠른 일식처럼 오렌지색 눈 하나가 눈꺼풀에 깜빡, 가렸다 다시 나타났다.

"아……마도요? 저는 이제 막…… 알아가는 중이니까요."

하하하.

방금 내 웃음소리, 어색하진 않았겠지?

의식적으로 입꼬리를 끌어 올린 내 미소에 직원이 고개를 끄덕이고 밝게 웃어주었다.

아……. 이제 그 후기가 무슨 뜻인지 확실히 알겠다.

★★★★★ 직원마다 외형이 다르신데 센스도 다 다르게 설정되신 것 같아요. 그런 부분이 균일하지 않고 개성적이어서 더 자연스럽게 느껴졌어요. 아이와 같이 오랜 시간 이동하기에 편안하고 즐거웠어요. 자주 이용할 것 같아요.

그리고 정확히 같은 이유로 인한 불호 후기도 꽤 올라와 있었다.

> ★☆☆☆☆ 차는 좋고 내부 시스템도 좋은데 배정된 직원이 너무 사람처럼 행동해서 위화감이 심함. 불필요한 대화와 상호작용을 끄는 옵션, 직원 배석 없는 온리 자율주행 차량 제공 옵션이 필요함. 급해서 불렀지만 요금도 솔직히 너무 비쌈. 비추.

"모든 황새의 환경은 동일하지만 아기에 따라 반응이 달라요. 어떤 아기는 처음부터 여기서 태어난 것처럼 편안해하기도 하고, 어떤 아기는 낯선 곳이라서 불편해하기도 하죠. 기질이 예민한 아기라면 탑승 내내 울 수도 있어요. 저희가 고객들께 상세한 설문을 드리는 이유죠. 황새는 우리 아기들의 안전하고 편안한 이동을 위해 모든 노력을 기울이고 있답니다."

"내릴 때까지 계속 운 아기도 있나요?"

이안이의 엉덩이를 토닥이면서 직원은 고개를 살짝 기울였다.

"네, 있어요. 사흘 전에는 76일 된 아기가 처음 황새에 탔는데, 한 시간 반 동안 쉬지 않고 울었죠. 뭐든지 처음이 가장 힘들거든요, 아기한테도요."

"어떡해……."

"동승한 보호자도 많이 힘들어하셨어요. 돌아가는 길을 굉장히 걱정하셨구요."

"갈 때도 많이 울었나요?"

그때 직원의 품에서 이안이가 고개를 돌리고 발을 찼다. 다 먹었다는 신호다. 직원이 20밀리리터쯤 남은 젖병을 보조 선반에 두고 이안이를 고쳐 안으려 하기에 나는 재빨리 일어나 이안이를 넘겨받았다.

축 늘어지는 게 트림하다 말고 잘 것 같은데…… 아, 기저귀. 기저귀 먼저 갈아줘야 했는데.

고개를 쭉 빼 두리번거리자 직원은 우아한 동작으로 일회용 기저귀를 꺼내 기저귀 갈이대 위에 올리고 내게 손짓했다. 그리고 자연스럽게 이야기를 이어갔다.

"갈 땐 많이 울지 않았어요. 타는 순간에는 울었지만 곧 그치고 놀다 잠들었죠."

"다행이네요."

"저를 다시 보았을 땐 방긋 웃기도 했답니다."

기저귀 갈이대 아래 달린 위생함이 오줌으로 빵빵한 기저귀를 삼키자 휙 바람 소리가 났다.

그리고 이안이를 그대로 안아 재우는 동안 우리는 아무 말도 하지 않았다. 나는 아기를 안고 선 채 골반을 8자로 느리게 저으며 부풀었다 줄어들기를 반복하는 작은 등과 옆구리를 인내심 있게 토닥였다. 그동안 직원은 사용한 젖병과 어질러진 마루를 정리한 다음 황새의 조도를 낮췄다.

그러자 천장에서 우주가 쏟아져 내려와 황새를 가득 채웠다.

발목을 잠근 낮은 빗소리 속에서 이안이는 잠투정 한 번 없이 스르르 잠들었다. 들뜬 내 눈을 본 직원이 벽면의 작은 패널을 터치해 보여주었다. [**ASMR1032 Raining Saimaa Lake**].

앱에서, 다운로드, 하세요.

직원의 정확한 입 모양 뒤로 어둠 속에서 더 선명해진

오렌지색 윙크가 꼬리를 끌며 날아왔다.

왼쪽 어깨 위에 작은 트림이 안착했다. 축축한 침, 그리고 달착지근한 분유 냄새도 함께.

✦✦✦

"이 시간에 커피요? 카모마일티는 어떠세요?"

"아…… 괜찮아요. 어차피 이안이가 금방 깰 것 같아서요."

"이안이는 밤에 자주 깨는 편인가요?"

"뒤척일 때 바로 토닥여주면 금세 자긴 하는데……."

보통 그 타이밍에는 나도 침을 흘리며 잠들어 있곤 했다. 그럼 이안이가 깨서 울고, 그 울음에 깬 내가 이안이를 안아 멀리 달아난 이안이의 잠을 잡아 오면 내 잠은 더 멀리 달아나 있고, 그래서 뜬눈으로 누워 있다 잠에 떨어지면 이안이가 깨서 울고,를 쳇바퀴처럼 돈 지난 100일가량의 밤에 대해 이야기하자 직원은 그런 걱정이라면 도와드릴 수 있겠다며 훌쩍 일어나 요람으로 다가갔다.

직원은 이안이의 이마와 가슴에 엄지손톱만 한 얇은 패치 두 개를 붙였다. 그러자 패치와 직원의 오른 손목 안쪽에 파란빛이 동시에 들어왔다. 신호를 체크하는 동안 직원이 황새는 일부러 구형 바이오 시그널 인터페이스를 사용한다고 설명해주었다. 최근 개발된 인터페이스는 체내 삽입형이 흔하지만 황새의 주 고객층은 압도적으로 구형을 선호한다고 했다. 아무리 인체 성분과 유사하다 해도 아기의 몸에 이물질을 삽입한다는 발상 자체에 보호자들의 거부감이 높다는 것이다.

"이제 이안이의 잠이 얕아지면 제가 바로 알 수 있어요. 그러니 혜인 님도 잠을 청해보시면 어떨까요?"

"와…… 이래서 다들 황새가 진리라고 하나 보네요."

내 진심 어린 감탄에 직원은 보란 듯 손목 안쪽의 파란빛을 톡톡 두들겨 보였다.

"그럼 카모마일티로 드릴까요?"

이 시간에 카모마일티와 커피.

카모마일티.

커피.

나는 망설이다 그대로 아이스 아메리카노를 선택하고

에스프레소 샷을 추가했다.

"도착할 때까지 일어나 있는 게 덜 피곤할 것 같아요. 이따 올라갈 때 몰아 자려고요."

직원은 다 이해한다는 표정으로 고개를 끄덕이고 일어났다.

"저, 매일 새로운 아기들을 보면 힘들지 않나요? 아기들마다 성격이 다 다르잖아요. 보호자들도 그렇고. 달래도 계속 우는 아기만 타면 어떡해요."

나는 괜히 민망한 기분에 화제를 돌리면서 벽면의 조작 패널을 열심히 들여다보는 척했다.

"어떻게 생각하실진 몰라도 우리에게는 다르지 않아요. 내릴 때까지 계속 울며 보채는 아기나, 내릴 때까지 쿨쿨 잘 자는 아기나, 호기심이 많아 새로운 놀 것을 계속 찾는 아기나, 낯선 것을 꺼리는 아기나, 우리에겐 모든 아기가 똑같이 사랑스러워요. 어떤 아기도 낯설지 않으니까요."

에스프레소를 내리거나 얼음을 쏟는 소음은 거의 들리지 않았다. 직원이 내 손에 차가운 유리잔을 건네줄 때까지 황새에서 난 소리는 직원의 나직한 목소리와 이안이의 고른 숨소리, 그리고 발밑 어딘가에서 올라오는 희미한 구동음뿐이었다.

멍하게 앉아 있던 나는 어느새 조명이 완전히 꺼진 것도 눈치 못 채고 있었다. 그래서 모든 유리 패널을 불투명하게 전환했더니 눈앞에 갖다 댄 손이 보이지 않을 정도로 캄캄해져서 당황했다. 천장 패널만 투명하게 해 달라고 다시 요청하고 안락의자를 최대한 젖혀 눕자 케이크 칼로 떠낸 것처럼 좁고 긴 밤하늘이 펼쳐졌다. 황새는 이제 눈구름에서 벗어나 있었다.

"보호자들은 아기의 울음에 감정과 마음을 소모하기 때문에 힘들어하시죠. 우리는 그렇지 않아서 우는 아기가 힘들지 않아요. 아기의 울음소리를 쉬지 않고 서너 시간 들어도 괜찮답니다. 아기가 울음을 그치고 편안해질 수 있도록 모든 가능한 사항을 확인하고 수정하고 변경하고 적용하고 다시 확인하고 다음으로, 다음으로, 그다음으로 넘어가도록 프로그래밍 되어 있으니까요. 사람처럼 '정신이 없어지거나' '혼이 빠지는' 사고는 좀처럼 발생하지 않죠."

진한 아메리카노를 냅다 들이부은 속이 심하게 울렁

거려 나는 눈을 감았다. 그러고 보니 저녁도 못 먹은 빈 속이었다. 눈이 너무 뻑뻑…… 아, 인공눈물도 까먹었구나…….

"우리와 연결된 센서를 통해 불쾌감이나 통증 같은 신체적 원인은 비교적 정확히 인식하고 해결할 수 있어요. 기저귀를 갈아주고 수유를 하거나, 반짝거리고 소리 나는 것으로 주의를 끌고 여러 놀 것과 볼 것을 흥미가 당길 때까지 바꿔 보여주기도 하죠. 민감한 '등 센서'가 있는 아이라면 몇 시간 동안 같은 자세로 안고 재워주기도 해요. 유모차와 유사한 진동을 전해줄 수도 있고요."

옆의 안락의자에 직원이 나와 같은 자세로 길게 누웠다. 오렌지색이 어디에도 보이지 않으니 어쩌면 눈을 감고 있을지도 모른다. 직원의 손목 안쪽에서 깜빡이는 파란빛만이 우리 사이에 가로놓인 어둠 속으로 번져 나왔다.

"수정을 연속해도 끝내 그치지 않는 울음이 있긴 해요. 아기를 편안히 보살피는 방법은 보편적으로 비슷하지만, 혜인 님 말대로 아기들은 다 다르니까요. 제가 마주치는 일상의 신비예요. 아기가 왜 우는지는 오로지 울고 있는 그 아기만이 알 수 있다는 점이요. 그렇게 조그만 인간에게도 혼자서만 겪어야 하는 고통과 괴로움이 있는 걸까요? 불쾌하거나 아픈 곳이 없는데도 울음을 그칠 수 없다면, 그 원인은 아기의 마음속에 있을 테죠. 아니면 울고 있는 자신도 왜 우는지 몰라 무서워 우는 것일까요? 혜인 님은 어떻게 생각하세요?"

나는…… 이건…… 보호자를 위한 자장가인가, 그렇게…… 생각해요.

황새의 안락의자는 매일 자는 내 침대보다도 익숙하고 편안했다. 직원의 나직한 목소리에 이끌려서인지, 아니면 이제 사흘 전처럼 느껴지는 어제저녁 7시 반부터 쌓여온 긴장과 피로가 무너져서인지 아까부터 도저히 졸음을 참을 수가 없었다. 쓰리 샷 아메리카노를 들이붓고도 막을 수 없는 잠에 나는 밀려 떨어지기 직전이었다. 한번 눈을 감자 눈꺼풀이 들어 올려지지 않았다. 발끝부터 감각이 둔해지더니 지금은 손을 들어 올려 지친 눈을 문지르고 싶은데도 그럴 수가 없다. 내 의지는 손에 미미한 경련을 일으키는 정도가 고작이었다.

아…… 뭘 어떻게 생각하냐고…… 묻지 않으셨던가?

"……저는요, 이럴 줄 알았으면 낳지 말걸…… 애 하나 때문에 이게 무슨 생고생이야, 없어졌으면 좋겠다, 과거로 돌아가면 절대 안 낳아…… 진짜 혼자 살고 싶다…… 제가 그렇게 생각할 줄 알았거든요. 세상에……. 진짜…… 이안이와 어딜 가는 것마저 이렇게 힘들 줄 몰랐어요. 꿈에도요. 다들 이러고…… 어떻게 사는 거지?"

할머니, 이거 봐.

밤을 주워 오라고 보낸 외손녀가 말라비틀어진 밤나무 가지만 휘두르며 돌아오면 할머니가 늘 짓는 표정이 있었다. 그래, 애한테 뭘 시키겠어, 하고 쯧, 혀 차는 소리가 같이 붙어 다니는 표정이.

미치겠네. 졸려…….

"그런데…… 정말 이상한 건, 내가 낳아야 이안이와 만날 수 있으니까……. 이럴 줄 알았어도 낳긴 낳았을 것 같아요."

아기와 직원 둘만 남겨두지 않기 위해 커피를 벌컥벌

컥 마셔놓고는 눈 감자마자 고꾸라지는 이런 인간에 대해 직원들은 어떻게 생각할까?

깨어 있어야 하는데. 일어나 있어야 하는데. 이안이 옆에 내가 있어야 하는데.

나는 의식을 유지하기 위해 머릿속에 떠오르는 아무 말을 열심히 중얼거렸다.

"모르겠어요. 이안이가 아니라 모르는 아기면 안 낳을 것 같기도 하고……. 근데 이제 이안이랑 만나버렸으니까. 시간을 그런 식으로 되돌릴 순 없잖아요. 제 마음대로. ……그렇게 되돌릴 순 없는 거겠죠?"

"그런가요? 그게 엄마의 마음인가 봐요."

"엄마라기보다…… 제 마음이죠."

"영유아용 인큐베이터가 있다면 좋을 텐데요. 손이 많이 가는 아기를 인큐베이터에 넣어 만 10세까지 성장시킨 다음 서로 만나 가족이 되면 훨씬 수월하지 않을까요?"

미처 의식할 새도 없이 내 입에선 커다란 감탄이 토해졌다.

"아깝게……! 그런 게 있으면 스무 살까지 넣어두고

싶은데요."

하하하.

기절하듯 잠들기 직전 내가 마지막으로 들은 영롱한 웃음소리는 직원의 것이었다.

✦✦✦

직원의 부드러운 손길에 소스라쳐 일어났을 때 황새는 엄마 집 앞에 정차해 있었다.

쾌적한 온도가 유지되는 요람 안에서 이안이가 새근새근 자고 있었다. 나도 그랬다. 지금 이 잠을 깼다는 것이 아쉬워 눈물이 날 정도로 푹 자고 있었다. 꿈도 꾸지 않고 깊이. 언제 다시 이렇게 자볼까?

내가 옷을 갈아입는 사이 직원은 잠든 이안이를 요람에서 디럭스 유모차로 옮겨주고 황새 마크가 찍힌 베이지색 모포를 덮어주었다. 그리고 보온 파우치에 담긴 인공 모유 한 병을 이안이 발치에 도닥여 넣었다.

"일부러 조금 뜨겁게 데웠어요. 아침에 먹기 좋게 식도록요."

그리고 직원은 색색 자는 이안이의 통통한 볼을 쓸고 허리를 숙여 조그만 귓가에 작별 인사를 속삭였다.

"잘 가, 이안아. 엄마와 재미있게 지내렴."

엄마는 퉁퉁 부은 얼굴로 잠옷 위에 롱패딩을 걸쳐 입고 나와 있었다.

대충 인사를 건넨 엄마가 내게서 유모차 손잡이를 뺏자마자 이안이가 깨어나 울기 시작했다. 고요한 아파트 단지 전체를 쩌렁쩌렁 울리는 손자의 울음소리에 당황한 엄마는 "아이구, 나 먼저 들어간다, 아이구, 그랬쪄요? 우리 이안이가 깼쪄요? 할무니가 보고 싶어 깼쪄요?" 하고 연신 혀 짧은 소리를 내며 황급히 유모차를 밀고 내려갔다.

"편안한 여정 되셨는지요? 황새를 이용해주셔서 감사합니다."

우아한 동작으로 캐리어를 사뿐히 내려준 직원이 허리를 곧게 펴고 웃었다.

"덕분에 정말 편안히 왔어요. 감사합니다."

"천만에요. 저도 혜인 님과 이안이를 만나서 즐거웠습니다."

직원과 작별 인사를 나눌 뿐인데 나도 모르게 땅이 꺼지는 듯한 한숨이 나왔다. 거기에 놀란 듯 직원의 눈이 커지고 고개가 살짝 기울어졌다. 마치 정말 놀란 것처럼 보여서 내가 더 놀라고 말았다.

"아니, 저도 즐거웠어요. 황새도 정말 좋았고요. 그냥……."

황새를 보내고 나면 나는 이제 기차를 타기까지 쥐어짜낸 한 시간 동안 어린 아기를 돌본 경험이 거의 없는 엄마와 씨름해야 한다. 가게 일에 바빴던 엄마를 대신해 외할머니가 어린 날 도맡아 키워주셨던 덕이다. 장담컨대 엄만 아기 목욕시키는 법도 모를 것이 분명하다. 경력 없는 신입이 경력 없는 경력과 머리를 맞대고 굴려봤자 아수라장이 될 것이 뻔해서 잠깐 아득해졌다면 이해하실까? 아마 이분들은 절대로 이해할 수 없겠지…….

"혹시 관심이 있으시다면."

표정이 어두워진 나를 잠시 바라보던 직원이 앞치마 주머니에서 뭔가 꺼냈다.

“엄마가 없어도 괜찮아”

— ‘펭귄’ 베타서비스 체험자 모집 —

엄마의 부재를 말끔히 책임지는
안드로이드 육아 도우미 파견 서비스
‘펭귄’이 무료 체험자를 모집합니다.

육아에 지친 엄마에겐 휴식을!
우리 아이에겐 다양한 경험을!

국제 공인 안전 기준과
새롭게 개정된 안드로이드 윤리 기준을 모두 충족한
엄마의 완벽한 동반자 ‘펭귄’을 만나보세요!

스마트폰 크기의 브로슈어 표면에서 알록달록한 글자들이 깜빡였다.

“영유아의 편안하고 안전한 이동을 도와드리는 ‘황새’

에 이어 내년에는 가정에서의 안전하고 즐거운 영유아 육아를 도와드리는 '펭귄' 서비스가 출시될 예정이에요. 저희가 마침 어제부터 베타서비스 체험자를 모집 중인데, 혜인 님도 관심이 있으시다면 신청해보시겠어요? 물론 베타서비스 기간 동안 이용 요금은 발생하지 않습니다."

해 뜨기 전의 짙은 어둠을 가르며 오렌지색 윙크가 혜성처럼 날아왔다. 이번엔 나도 어설프지만 타이밍이 어긋나지 않게 윙크를 돌려주는 데 성공했다. 평소에 안 하던 윙크라 그런지 감은 오른쪽 눈꺼풀이 파르르 떨렸다.

"다음에 또 뵐 수 있으면 좋겠네요. 조심히 가세요."

"아, 네."

허리를 숙인 직원의 모습이 황새 안으로 완전히 사라지기 전, 나는 배에 힘을 주어 소리를 높였다.

"안녕히 가세요!"

그리고 황새는 처음 왔을 때와 마찬가지로 소리 없이 발진하여 아파트 단지 정문을 빠져나갔다.

"추운데 안 들어오고 뭐 해? 엄마 없다고 이안이 운다, 빨리 와."

그거 몇 분 지체했다고 성격 급한 엄마가 득달같이 전화를 걸어 재촉해왔다.

브로슈어의 앙증맞은 펭귄 일러스트는 조심성 없이 꾹 말아 쥔 내 손안에서도 웃음을 잃지 않고 조그만 오렌지색 부리를 빠끔대며 낭랑하게 지저귀었다.

우리는 당신을 기다리고 있습니다! 바로 당신을요! 바로 우리가요! 언제나 어디서나요!

"아 좀, 알았어! 지금 가!"

할 수 있는 최대한 짜증을 덜어낸 목소리로 엄마의 전화를 끊은 다음, 나는 109동 현관을 향해 달리기 시작했다.

이안아, 어쨌든 지금 엄마가 갈게!

비트겐슈타인의

이름으로

장옥련, 존엄사 신청인

여길 보고 말하면 되나요? 아, 네. 빨간 불 보고. 네. 크흠, 큼.

나는 죽고 싶습니다. 나는 죽을 것입니다. ……아니, 꼭 이렇게 표현해야 하나요? 너무 비장하지 않나? 뭐, 이렇게 말해야 법적 효력이 발생한다니까 하긴 하겠는데……. 무슨 드라마 찍는 기분이야.

그리고 정확히 말해서 나는 내 목숨을 끊고 싶은 게 아니라, 의식 없이 살고 싶지 않다는 거예요. 그게 언제든, 만일 내 의식이 돌아오지 않게 되면 3일째에 생명유지장치를 떼어주세요. 생명유지장치를 제거하고 즉시 사망하지 않을 경우에도 영양 수액

투여를 포함한 연명 처치 일체를 거부하겠습니다. 그렇게 죽겠다는 것이 나 장, 옥, 련의 결정입니다. 생명유지장치 제거 시 필요한 법정 입회인 두 명은 지난 1년간 나를 돌봐준 간병인 안, 명, 희와 구, 공, 일로 지정할게요. 둘이 동의해주었어요.

이젠 이걸 기록으로 남겨야 할 때가 온 것 같아. 느낌이 와요.

하지만 죽음이 그렇게 인간의 마음대로 와주지는 않았다. 자, 지금! 나는 바로 지금 죽고 싶다! 이렇게 생각한 순간 번개처럼 배달되는 친절한 죽음은 없다. 심장은 죽고 싶다는 의지만으로는 좀처럼 정지해주지 않는다. 뇌와 마찬가지로. 말하자면 죽음은 기적이 아니다. 삶이 육체의 기능 정지를 관장하는 한, 죽음은 역시 삶의 일부다.

그러나 지금 여기 누워 있는 나, 장옥련의 경우에 종종 그러했듯 삶은…… 뭐랄까, 좀, 일을…… 못하는 편이었다. 아니, 그렇다고 일머리가 없는 편은 아닌데……. 그 뭐랄까, 좀 성에 안 차게 지지부진하고 또 사소한 데 구애받느라 정작 큰 그림을 때로 간과해버리고 마는 그런 업무 스타일이었다고 해야 할까?

만일 내 삶이 나를 닮았다면, 지금 이 작은 병실이 미어터지도록 사람을 잔뜩 불러 모아 푸석한 얼굴로 '죽고 싶다'라고 비장하게 되뇌는 비디오 문서를 (그것도 3회나 반복해서) 열람하게 하는 대신, 육체가 혼수상태에 빠진 그 순간을 노려 바로 지금이다! 하고 외치고 곧바로 셔터를 내렸을 것이다.

하지만 내 삶은 내가 아니다.

실이 엉켜 있다면 실타래를 통째로 잘라 불구덩이에 던져 넣는 성격의 나와 달리, 내 삶은 그…… 유리처럼 섬세하면서, 의외로 아주 끈질기고 집착적인 면이 있다고 해야 하나? 말하자면 내 삶은 창졸간에 총체적이고 다발적인 장기부전 상태에 돌입한 몸의 멱살을 잡아가며 어, 내가 어떻게 좀 해볼게,라고 하여튼 살겠다고 노력해보는 스타일이었다.

요는, 그래서 삶이 내려오는 셔터를 눈치 없이 붙들고 선 탓에, 푸석하니 병색이 완연한 얼굴의 내가 3개월 전 과거로부터 비디오를 타고 직접 셔터를 내리러 왔다는 말이다.

박종직, 인구부 사망관리국 사망행정과 주무관

“자, 화면 속의 장, 옥, 련 님이 여기 누워 계신 이분이 맞나요?”

흰 와이셔츠에 남색 넥타이를 바짝 졸라맨 남자, 박종직 주무관은 손수건으로 이마의 땀을 닦았다. 옆 머리카락을 길게 길러 넘겨 얼기설기 덮었으나 훤함을 가릴 수 없는 그의 정수리로부터 쉴 새 없이 땀이 흘러내리고 있었다. 팔뚝에 소름이 돋을 만큼 서늘한 병실이건만 바깥이 염천(炎天)이었기 때문이다. 기온은 아침부터 35도를 넘겨 치솟았지, 이놈의 병원 부지는 무계획적으로 넓어서 가다 보면 저도 모르게 저승에 도착해 있다는 소문이지…….

햇빛에 펄펄 끓는 저승길을 딱딱한 구둣발로 가로질러 온 박 주무관은 병실에 들어설 때부터 물에 빠진 생쥐 꼴이었다.

“네, 장옥련 할머니 맞아요.”

“동일인입니다.”

단정한 하늘색 유니폼을 차려입은 간병인 안명희와

청결한 백색 플라스틱 원통 몸체를 한 간병 로봇 IM-901이 차례로 대답하자, 박 주무관 한 발짝 뒤에 서 있던 멀대 같은 젊은이가 잽싸게 명희를 향해 도톰한 서류 묶음을 내밀고 펜을 건넸다. 종이 묶음 맨 앞장에는 '인구부 사망관리국 사망행정과 경기13팀'이라는 글씨가 굵은 휴먼명조체로 인쇄돼 있었다.

그렇다.

단독 행동의 기회가 왔을 때 힘이 모자라 이런 운명에 처하게 된 옥련으로서는 새삼 속 터질 수밖에 없게, 죽음은 정말 삶의 과정이었다. 삶이란 것은 그의 운명과 그가 점유한 시공간의 경계를 초월하여 존재했다. 그건 이 시대가 조건 지어놓은 옥련과 다른 존재들의 연결이 도저히 어떻게 할 수 없는 방식으로 한꺼번에 아로새겨진, 거기 얽힌 무늬 하나하나를 매끈하게 떼어 구별할 도리 없이 뜨거운 최초의 숨이 불어넣어졌던 바로 그 순간 그렇게 복잡한 무늬를 단번에 영혼의 문장으로 가지게 된 유리병 같은 존재였다.

쉽게 말해 이제 옥련이 죽기 위해선 나라의 인가가 필요했다.

"잠깐, 잠깐만요."

그래서 먼저 명희가 입회 확인란에 서명한 다음 펜을 자연스럽게 옆에 선 IM-901에게 넘겼을 때, 그리고 로봇의 섬세한 6발 집게 손이 그 펜을 집어 들었을 때, 박 주무관은 내가 여기 들어올 때부터 설마설마했는데 진짜 이러기냐,라는 낭패감을 숨기지 못하고 스톱을 걸었다.

동시에 아…… 어쩐지, 이렇게 될 것 같더라……라는 의미의 들리지 않는 한숨도, 서류를 내민 자세마저 어정쩡한 신입 공무원의 다섯 걸음 뒤에서 묵묵히 자신들이 나설 순서를 기다리고 있던 두 의사 쪽에서 새어 나왔다. 무릇 한국의 존엄사 실행의(實行醫)라면 빡빡하기로 유명한 사망 행정의 불똥이 부적격 법정 입회인을 향해 튀는 광경에 시나브로 익숙해지기 마련이었다. 일이 복잡해진 것을 직감한 의사들은 연노란색 병실 벽을 따라 놓인 접이식 의자로 주저 없이 후퇴했다.

박 주무관은 고개를 돌려 창밖의 바다를 응시했다. 지평선부터 펼쳐지며 아스라이 반짝이는 바다의 피부. 박 주무관이 나고 자란 도시 인천은 일찍이 1883년 개항했다. 그는 빛나는 바다를 바라보며 그 사실을 되새겼다.

역사.

그것은 장엄한 흐름 앞에선 인간 만사 각양각색 사건 사고가 다 초개같이 하찮아진다는 것을 아는 박 주무관이 오랜 공직 생활 동안 일관되게 발전시켜온 자기만의 마인드컨트롤 콘텐츠였다. 그래서 박 주무관은 세로로 좁고 길게 빠진 오르내리창을, 현재 장옥련 님이 의식 없이 누워 계신 병상의 머리맡 벽에 붙어 있는 그 고색창연한 창 너머에서 피어오르는 역사를 더듬으며 마음을 다스리고자 했다. 오늘 일진 왜 이러냐⋯⋯ 하는 심정이 울컥 치솟았기 때문이다.

이곳 국립 동산의료원 제1입원병동 현관 정면 벽에 못 박힌 황동 현판에 따르면, 200여 년 전 저 너른 바다는 온갖 국적의 배로 까맣게 뒤덮여 있었다. 새로운 문을 발견한 세계의 물산(物産)이 해일처럼 밀려들자 개항장 주변에 다국적 상사(商社)의 지점들이 앞다퉈 설립되었는데, 그중에 미쓰이(三井)물산 인천 지점이 있었다.

미쓰이물산 인천 지점. '미쓰이 자이바쓰(財閥)'라 하면 일본제국 치하에서 맹렬히 성장했던 대표적 재벌이다. 재벌로서는 일본 최대 규모까지 자랑하다 패전으로 해체에 이르렀다던가. 제국이 흡수한 식민 각지의 부. **정치경제학인가, 경제정치학인가.** 출처 불명의 아포리아가 문득 박 주무관의 뇌리를 스쳤다.

바로 그 미쓰이 자이바쓰의 뿌리에 1876년 설립되었던 미쓰이은행과 미쓰이물산이 있다. 그러니 1899년 미쓰이물산 인천 지점으로 사용된 이래 각종 중견 회사 사옥과 중화요릿집, 그리고 어느 문화재단 청사와 전시관으로 수명을 잇다 마침내 국립 호스피스 병원으로서 긴 역사를 마감하게 된 이 아담한 2층짜리 근대식 벽돌 건물에 얼마만 한 우여곡절이 깃들어 있으랴.

창 너머 앞바다(라 부르기에는 지나치게 멀었으나)와 경계를 맞댄 광대한 부지에 병원 부속 건물들이 널찍널찍이 흩어져 있었다. 동산의료원을 구성하는 열 개 동 대부분은 제1입원병동이 미쓰이물산 인천 지점이었던 시대에 지어져 개항장의 창고 노릇을 했던 붉은 벽돌 단층 건물들이다. 그러한 연유로 이 국립 병원의 풍광은 한 번 보면 잊기 힘들 정도로 독특했다. 한마디로 19세기적이랄까. 사방이 어둡고 비라도 내리는 날에는 습기와 함께 1899년 그 자체가 폐에 스미는 느낌이었다.

내구연한을 아득히 초과하였으나 건축 보수 기술의 발전과 문화적·역사적 후광에 힘입어 오늘까지 작은 위엄을 부지하여온 이 벽돌 건물에 대하여, 박 주무관은 아무도 모르는 애정을 품고 있었다. 그가 9급 서기보였던 시절, 그러니까 지금 동행한 김명수처럼 돌발 상황에 당황한 나머지 땀을 뻘뻘 흘리며 애꿎은 서류를 가방에 도로 가지런히 넣는 데 집중하는 척하던 신입 시절, 처음으로 보조했던 사망 행정이 바로 이 건물에서 이뤄졌기 때문이다.

일찍부터 세상의 부단한 들고 남을 지켜보았던 개항장만큼 삶의 마지막 항해를 준비하기에 어울리는 장소도 없을 것이다.

물론 이 국립 동산의료원도 이제는 역사의 뒤안길로 접어들게 되겠지만, 그건 이곳의 유일한 잔류 입원 환자 장옥련 님께서 무사히 돌아가신 연후의 일이 될 것이고……. 현재 장옥련 님의 무사히 돌아가심은 오로지 박 주무관 자신에게 달려 있었다.

"자, 안명희 씨. 그리고 구공일 씨. 그, 참, 이런 말씀 드리게 되어 송구합니다만, 구공일 씨는 존엄사 입회 자격이 안 됩니다. 인간이 아니잖아요. 존엄사 입회라는 건, 혹시 모를 유사시에 장옥련 님의 결정을 대신하기 위한 법정 대리인으로서 입회함을 함축하고 있거든요. 이거를 그…… 신청 접수해주신 분이 잘 설명을 드렸을 텐데."

설명을 잘 안 드렸구나……. 잘 안 드렸을뿐더러 검토도 생략하고 냅다 넘겨버렸어, 최택견 이놈아!

이 순간 박 주무관에겐 일을 이따위로 처리해놓고 빠져버린 전임자 최택견을 잡아다 더도 말고 덜도 말고 딱 10분만 조지고 싶은 마음뿐이었다. 딱 10분만. 진심으로.

인구부 사망관리국 사망행정과 경기13팀 일동은 인체공학 의자에 앉아 있다 갑자기 일어나 시도 때도 없이 헛, 헛, 기합을 넣어가며 엉망진창으로 택견 자세를 취하던 그를 '최택견'이라 불렀다. 그게 기나긴 고시 생활 동안 건강을 유지한 비결이라나. 새파란 30대에 본명 대신 민속 고유 무예 명칭으로 통하는 것도 범상치 않다면 범상치 않겠으나, 기나긴 고시 생활을 거치며 건강과 일머리(덤으로 사회성까지)를 등가교환했는지 손에 들어온 일은 난이도를 불문하고 망쳐놓는 범상치 않은 근태야말로 최택견의 범상치 않은 부분 중에서도 가장 범상치 않은 부분이었다. 그렇게 범상치 않은 분을 박 주무관 이하 경기13팀 일동이 일심으로 보필한 끝에 무사히 출생관리국 출생행정과 경기7팀으로 퇴출, 아니 이동시키는 데 성공한 것이 불과 3개월 전의 일이다.

그 최택견이 경기13팀에 떠넘기고 간 마지막 신청인이 바로 여기 의식을 잃고 누워 계셨다.

"유사가 거의 안 벌어지긴 하지요, 이제. 16년이나 지나면서 존엄사의 역사도 나름대로 안정이 됐고. 그래도 우리 법이 그렇게 돼 있어요. 우리 법이 신청인의 결정을 존중해서 혹시 모를 상황을 대비해 입회인을 지정한 거고, 그럼 입회인께서는 이제 또 신청인과 여러 관계에 놓여 있겠습니다마는 본인이 신청인과 뜻을 모으신 바에 따라 신청인의 결정을 지지해주고 필요에 따라서는, 물론 요즘은 그런 필요가 거의 없지만요, 예, 그래도 그런 긴급한 필요가 만에 하나라도 발생하면 그때는 신청인을 대리해 직접 교섭할 수 있는 그런 교섭인 자격으로도 들어오시는 것이거든요."

최택견의 위인을 곱씹으면 곱씹을수록 '아이엠'은 쏙 빼놓고 '구공일' 부분만, 그러니까 소리 내 읽으면 인명처럼 들리는 명칭 일부만 대서 일머리가 부재한 공무원을 기망한 신청인의 교활함이 박 주무관은 원망스럽기도 했다. 솔직한 심정으로다가. 원칙대로 앞에서부터 읽으면 '아이엠 대시 나인오원' 또는 '아이엠 대시 나인헌드레드원'이 되었을 것을! 그럼 설마 아무리 그 최택견이라 할지라도 다시 여쭤보았을 것이 아닌가, '아이엠 대시 나인오원' 또는 '아이엠 대시 나인헌드레드원' 님은 사람인가요? 하고!

"그래서, 간병 로봇은 그 자격에 안 되거든요. 입회인으로는 사람만 지정하게 되어 있어요, 법이. 요즘 같은 시대에 우리가 그…… 오해 없으셨으면 합니다, 구공일 씨. 제가 절대 인공 인격을 무시하거나 장옥련 님과 구공일 씨 관계의 진정성을 의심하거나 그런 게 아니라요. 우리가 인공 인격 개체와 친밀한 관계를 구축하는 것과는 별개로, 아직 파트너십 신청이나 재산 증여 같은,

그…… 인간 만사에 법적인 책임, 의무, 권리 등등을 가질 제반 자격이 법적으로 규정이 안 돼 있잖아요. 사회의 찬성 반대를 막론하고 아직 법이 그렇게 돼 있고. 우리 행정은 꼭 법에 따라 이뤄져야만 하는데……."

박 주무관은 정수리에서 비 오듯 흘러내리는 땀을 연신 훔쳤다. 40대 후반의 원숙한 주무관으로서는 참 부끄럽게도 어쩐지 눈물이 날 것만 같았다. 설명을 이어갈수록 그가 감당해야 할 후처리가 눈덩이처럼 불어나고 있었기 때문이다.

이게 다 최택견 때문이다. 최택견은 사무실 복도에서 꼴사나운 발차기나 연습할 시간에 신청을 꼼꼼히 검토하고 안명희와 구공일이 확인란에 서명할 수 있는 '사람'인지 확인했어야 했다. 최택견, 최택견 이놈아……!

아, 구공일 씨는 화장실 가셨나? 구공일 씨. 성함이 특이하시네. 이분도 화교신가? 장옥련 님이 보자, 맞지, 차이나타운 출신인데. 아, 비대면으로도 많이들 입회하시니까 화상으로 참석하시려나? 하고 필사적으로 행복회로를 돌리던 10분 전의 스스로가 박 주무관은 한심하고 불쌍해 견딜 수 없었다.

"그런데 입회인을 다시 지정해주셔야 할 장옥련 님의 의식이 없으신 이상, 에, 어쩔 수 없이 이제 지자체가 공석을 대신해야 할 텐데요. 안명희 씨가 따로 신청하실 필요는 없지만……."

정수리와 이마, 목을 꼼꼼히 닦은 박 주무관은 마지막으로 콧잔등에서 흘러내리기 직전인 안경을 벗어 코받침을 빡빡 닦았다. 눈이 이리도 시큰거리는 것은 분명 땀 때문이리라.

"이제 제가 서류를, 새로 서류를 해서 올릴 건데…… 그게 한……."

이 과장.

박 주무관이 안경을 도로 쓰는데 문득 이 과장의 늘어지는 전화 목소리가 들리는 듯했다.

—어이고, 박 주무관이 웬일이십니까? 아, 그래요? 오, 재밌게 됐네. 동산의료원이, 가만 보자, 응, 내가 잘못 본 게 아니네. 마지막 환자 임종과 동시에 폐원 예정돼 있네. 응, 여기 정부 통합 하나로 시스템에 자알 떠 있어요. 어이고, 오늘 아침에 장관 인가 직전 대기 상태로 올라갔어. 그러엄, 3개월 전에 신청이 접수됐는데. 3일

전에 사망관리국 인공지능이 그쪽 환자분 존엄사 시행 조건 완비됐다고 띄우고 바로 폐원 프로세스 암묵 활성시켰지.

"6개월 걸릴 겁니다. 지자체가 입회하기 위해서는 소정의 심사를 거쳐야 해서요."

유욱 개월? 반년을 어떻게 미뤄, 지금. 폐원 기념식 날짜 박고 기념사며 뭐며 장관 의전 쫘악 세팅해놓고 보도자료 멋드러지게 작성해놨는데. 전원해드려야지, 뭐. 국립 호스피스 병원은 이제 없으니까, 어디 보자……. 요즘은 거의 가정이나 집합 거주 시설에서 사망 신청하잖아? 아무래도 재택이 편하겠지, 돌아가시는 입장에서도? 시스템에 뜬 병원 부설 호스피스 센터들은 다 만석이고. 가까운 시설로 인계해드려야지, 뭐.

그야 마지막 환자의 임종까지 지켜드림으로써 마지막 국립 호스피스 병원이 역사적 사명을 완수하였다, 그래야 노을 쫙 들어오면서 바닷물 빤짝빤짝, 그림도 훨씬 좋고 윗분 면 확실히 세우고 좋긴 하지만, 당장 다음 달에 장관 새로 오실 거 아냐? 김 팍 새지. 위에서 노발대발하겠네. 아, 이게 타이밍 완벽하게 뭉클하니 여운 깊은 퇴장용 치적이라고 무지 신경 썼는데 그럼 불똥이 튀지, 안 튀겠어? 이번 예산 심의 참 볼만할 거야. ……아니면 뭐, 다른 좋은 방법이 있나?

"일이 이렇게 되어 대단히 죄송스럽습니다마는, 안명희 씨가 6개월 후에도 입회해주실 수 있으신지 여쭙고 싶네요."

박 주무관은 안명희 씨를 향해 정중히 물으면서도 자꾸 먼바다를 보게 됐다. 염천 햇빛을 반사하는 윤슬들. 인간의 왕조와 국가가 일어나고 스러짐을 수백 번 되풀이하는 동안 한결같이 빛나며 곡절 많은 역사를 지켜보았을 바다여.

이 또한 다, 지나가리라…….

안명희, 장옥련의 간병인

"인간이 아니잖아요."

동년배 대머리 공무원의 입에서 '구공일은 인간이 아니다'라는 선언이 나온 그 순간 이후의 모든 장황한 설명이 명희의 한 귀로 들어가자마자 다른 귀로 주르륵 빠져나갔다.

명희는 팔뚝 하나 길이 정도 떨어져 서 있는 구공일을 바라보았다. '머리'와 두 팔을 제외하면 그는 마치 작은 바퀴가 네 개 달린 원통형 쓰레기통처럼 보였다. 옥련과 명희는 지난 십몇 개월 동안 머리를 맞대고 고민하였으나 도저히 더 적당한 비유를 찾지 못했으므로, 구공일의 백색 플라스틱 몸체가 대형 쓰레기통 크기라는 점을 마지못해 인정했다. 절대로 구공일을 쓰레기통에, 그러니까 본질적으로 쓰레기통에 빗댈 의도는 없었다.

하지만 공교롭게도 그의 몸체가 병실에서 나오는 하루 치 의료 폐기물을 보관하는 대형 쓰레기통과 딱 맞아떨어지는 크기였다. 그 색깔이 또 하필 구공일의 백색 몸체와 비슷한 명도의 아이보리이기도 했고. 두 사람은 매일 병실 구석에 놓인 대형 쓰레기통과 그것을 비우는 간병 로봇을 나란히 눈에 담아야 했으므로, 두 사람이 구공일을 볼 때 무심코 그 쓰레기통까지 연상해버리고 마는 것이 꼭 잘못된 일만은 아니었다.

구공일의 의료 폐기물용 대형 쓰레기통(정말이지 구공일과 비슷한 크기에 쓰레기통과는 다른 목적을 지닌 물건이 나타나 이 찜찜한 비유를 폐기해주었으면 하는 것이 옥련과 명희의 숙원이었다) 크기의 원통형 몸체 위에는 감각 정보 수집기가 잠망경처럼 돌출되어 있었다. 시각, 청각, 후각 등 인체 수준의 감각 정보와 심박, 혈압, 온도, 습도, 자외선과 방사선 노출량 등 기계 수준에서 탐지 가능한 제반 정보를 동시에 수집·분석·전송 가능한 이 기기를 통해 구공일은 원격 진료를 보조하기도 했다. 세 쌍의 겹렌즈가 정사각형으로 배열된 아래 사방으로 유연하게 구부러지거나 신축하는 튜브형 연결부가 달린 이 기기의 외관이 인간의 고개와 닮았기에 옥련과 명희는 늘 그 '머리' 부분을 향해 말을 걸었다.

그런데 지금 구공일의 머리는 아래를 향해 조금 숙여져 있었다.

그 해상도 높은 눈이 바닥을 얼마나 자세히 보고 있을까. 그래서 명희는 마음이 아팠다. 물론 인간이 아니라는 말에 구공일의 마음이 명희의 마음과 같은 방식으로 상하지는 않았겠지만, 그래도 명희에게 구공일의 숙인 고개는 자꾸 그 마음이 상처 입은 증거처럼 비쳤다. 설사 저 각도가 로봇의 기체에 가장 안정적이기 때문에 자연스레 취해진 자세라 하더라도 말이다. 저 대머리 공무원이 던진 말을 구공일이 어떻게 수용했건 간에 명희는 그 순간 큰 상처를 입었다. 명희의 가슴에 불이 붙은 것은 그 때문이었다.

구공일이 인간이 아니라서 그들이 돌봐온 사람의 죽음에 입회할 수 없다니.

명희에게 대머리 공무원의 발언과 논리는 그들이 동산의료원 105호에서 보낸 시간 전체에 대한 무례한 부정처럼 느껴졌다. 그렇다. 박 주무관은 자세한 설명을 드리기도 전에 이미 천 냥 빚을 적립하고 있었던 것이다.

"로봇은 로봇, 인간은 인간. 로봇은 인간 마음을 이해하지 못해. 인간도 로봇 마음을 알 수 없고."

산은 산이요 물은 물이로다,라는 어조로 옥련 역시 종종 잘라 말하곤 했다. 간병인이 그와 한 조를 짠 간병로봇을 지나치게 친근하게, 마치 인간 동료를 대하듯 굴 때마다 환자는 못마땅한 듯 끼어드는 것이다.

명희가 듣기에 그 말에 얼음처럼 찬 구석은 없었다.

오히려 옥련의 걱정은 명희가 아니라 구공일을 향하는 것 같기도 했다. 명희는 다만 옥련이 서른 살가량 더 나이 든 만큼 인공 인격을 지닌 로봇을 대하는 마음의 거리가 저보다 멀겠거니 추측할 따름이었다. 그래, 솔직히 프랑스에 사는 옥련의 친구가 선물로 보내온 수제 초콜릿을 나누다 무심결에 구공일에게도 권했을 때는 명희도 속으로 뜨끔했다.

하지만 누가 뭐라든 구공일은 명희의 동료였다. 옥련이 국립 동산의료원의 유일한 입원 환자로 잔류한 지난 1년여 동안 구공일은 명희의 유일한 동료이자 105호 삼총사의 당당한 일원이었다.

구공일은 저녁부터 아침까지 자리를 비우는 명희를 대신해 옥련의 밤을 지켰고, 옥련의 안부를 묻고 수액과 주사, 식사를 챙겼으며 산책과 운동을 책임졌다. 항상 옥련의 몸과 주변을 청결히 유지했다. 그는 명희와 안부를 나누고 대화하고 시트를 갈거나 욕조에 몸을 담글 때 옥련을 안전하게 들어 올렸으며 또, 활짝 연 창문으로 바다와 노을이 밀려 들어오면 병에 걸려 차이나타운으로 돌아오기 전까지 그야말로 여권에 도장 마를 날 없이 살았다는 옥련의 무용담을 지치지 않고 경청했다. 그뿐인가. 통증에 지친 환자가 생짜증을 부리거나 어린아이처럼 이거도 싫고 저거도 싫다며 세상 온갖 싫은 것만 줄줄 늘어놓을 때, 그래서 별명이 '부처님 가운데 토막'인 명희마저 복도로 나와 한숨 쉴 때 마치 그를 위로하듯 고개를 기울여 기분이 어떠냐고 물어봐주는 것도 구공일이었다.

완화 의료의 도움을 받아 환자가 천천히 죽음으로 항해하는 동안, 명희와 구공일은 그 뱃전을 스치는 파도 하나하나를 같이 타고 넘었다. 한배에 타지는 않았으나 한배에 탄 것처럼 가까워 모든 파도가 그들에게 동시에 밀려왔다. 그렇게 이 직업에 수반된 모든 아름답고 높고 치사하고 낮은 날들의 내밀한 인간성을 일일이 강변해야만 할 것 같은 입장에 몰린 느낌 자체가 명희를 화나게 했다. 그뿐만 아니라 지금 여기서 그런 '인간다운' 일화를 일일이 나열하여 구공일의 '인간됨'을 증명한다는 발상 자체도 참을 수 없이 불필요하고 또 어떤 면에서는 모욕적으로까지 느껴졌다.

그렇게 구구절절 설득하고 매달리지 않아도 구공일에

게는 옥련의 죽음에 입회할 자격이 있다. 그에게는 돌본 사람의 마지막을 당당히 지켜볼 자격이 있고, 법이 그걸 어떻게 보장해주지 못한다면 그건 법의 문제지 구공일의 문제가 아니다.

옥련과 마찬가지로 명희도 인천 차이나타운에서 나고 자랐다. 명희와 같은 외국 국적 간병인들에게 존엄사 입회 자격이 부여된 것은 겨우 4년 전의 일이었다. 그 전에는 명희도 지금 이 자리의 구공일과 같은 취급을 받곤 했다.

곱씹으면 곱씹을수록 부처님 가운데 토막에 붙은 불은 지옥 불처럼 거세게 일어났다. 생면부지의 대머리 공무원이 억하심정을 가졌을 리도 없고, 사실 그의 설명이 대체로 맞는 말이며 심지어 비정하지도 않다는 것을 머리로는 안다.

하지만 그 모든 맞는 말의 선두에 놓인 '인간이 아니다'라는 선언은 한마디로 아니꼬웠다. 부처님 가운데 토막을 닮은 간병인으로 살아온 23년 세월 동안 들은 말 중 제일 아니꼬웠다. 자기가 뭔데 법적 책임이니 뭐니 운운해가며 면전에서 깡통 취급을 해? 듣는 구공일이 아무렇지 않아도 내가 아무래!

"구공일 씨도, 충분히, 사람이에요!"

그래서 6개월 후에 입회해주실 수 있겠느냐는 질문에 침묵하던 명희가 갑자기 고개를 들고 눈에서 불을 뚝뚝 떨어뜨리며 빽 소리쳤을 때, 간병 로봇과 대머리 공무원과 젊은 공무원 그리고 접이식 의자에 앉아 멍 때리고 있던 두 의사 모두 깜짝 놀랄 수밖에 없었다. 그들은 알 수 없었으나 당시 의식 없이 병상에 누워 있던 환자조차도 깜짝 놀랐을 정도다.

"간병 로봇이란 게, 간병 로봇의 인공 인격이란 게 인간을 인간답게 돌보기 위해 인간의 일과 행동을 다 모방해서 된 건데 구공일 씨가 인간이 아님 뭐예요? 돌고래식 간병도 아니고 사마귀식 간병도 아니고. 나와 얘가 똑같이 인간식 간병을 해요. 똑같은 일이에요. 노동이 존재를 규정한다고 하잖아요! 그렇게 보면 이 방에서 나랑 제일 똑같은 종족은 구공일 씨예요. 그리고 지난 13개월 동안 옥련 할머니랑 세상에서 가장, 제일 가깝게 지내온 것도 나와 얘구요.

어떻게 얘가 옥련 할머니의 진실성을 보증하지 못할

수가 있어요? 정신을 잃으실 때까지 보살폈는데 어떻게 그 끝에 자격이 없다고 할 수가 있어요? 세상에, 인간을 닮으라고오 닮으라고, 그래서 인간 일 좀 대신 하라고오 하라고 염불을 외워서 만들었으면 그게 인간이나 마찬가지죠. 신을 본떠 만들어서 인간에게도 신성이 깃들었다면서요? 그럼 우리도 애한테 깃든 전 인류적! 인간성을! 존중해야 할 것! 아니냐구요옷!"

명희는 말을 하는 동안에도 화가 점점 커지는지 가슴을 부풀리고 씩씩 거친 숨을 쉬었다. 나머지 사람들로서는 도저히 헤아릴 수 없는 어떤 거센 파도가 이 차분한 중년 여성을 순식간에 휩쓸어 분노의 신전 한복판에 던져 넣은 것 같았다.

매우 당황한 기색의 대머리 공무원이 전혀 그런 의도가 아니고, 다만 어디까지나 존엄사를 규정한 법 행정상에서 간병 로봇이 입회인으로서 부적격이라는 설명일 뿐이었다며 해명의 말문을 열기 직전이었다.

이토록 조리에 닿지 않는 느닷없고 격렬한 분노의 경험 자체가 익숙지 않은 명희가 사방을 둘러보다 환자의 침상 아래 달려 있던 비닐 백을 홱 집어 들었다. 투명한

백 안에는 혼수상태의 육체가 간밤에 만들어낸 소량의 배설물이 담겨 있었다.

팍.

백은 바닥에서 소박한 소리를 내며 터졌다.

중년 여성이 집어 던진다고 쉽게 터질 재질이 아닌데, 하필 이동식 침상 바퀴를 씌운 스테인리스 캡에 모서리가 찍히는 바람에 그렇게 극적으로 터져버렸다.

침상 쪽에 가까이 서 있던 두 공무원이 일제히 질겁하며 뒤로 겅중겅중 뛰었다. 그러나 긴바지 종아리 부분까지 튄 자국이 흥건한 간병인만은 대못으로 박은 것처럼 그 자리에 꼿꼿이 서서 생물학적 색채로 얼룩진 바닥을 노려보았다.

놀랄 만큼 빠른 속도로 혈액 섞인 오물 냄새가 작고 서늘한 병실을 메웠다. 소박하지 않은 냄새였다.

구공일은 환자의 침상 머리맡 벽면에 나란히 난 오르내리창 두 개를 끝까지 열고, 병실 문도 활짝 열었다. 맞바람이 쳐야 효과적으로 환기할 수 있기 때문이다.

오래 두어 꽝꽝 굳은 떡처럼 응고된 침묵을 가른 것은 뜻밖에도 명수였다.

"구공일 씨를 장옥련 님의 친족으로 기재하는 것이 가능할 것 같습니다."

갑자기 명수의 입에서 기적의 논리가 흘러나오기 시작한 것이다.

"'존엄사'에서 말하는 인간의 '존엄'이란, 즉 인간이 목적 그 자체이지 다른 것의 수단으로 이용되어서는 안 된다는 말입니다. 죽음 앞에 선 당사자의 결정권을 최우선한다는 철학에 우리나라 존엄사 법 행정 전체가 기반해 있지 않습니까?

인간은 자유롭고 평등한 주체로서 죽음 앞에서 자기 결정권을 행사할 수 있고, 우린 신청인이 그렇게 자기 결정권을 행사했다는 사실을 진실히 보증할 수 있는 두 입회인이 필요한데, 이 '입회인'이라는 개념에서 현재 구공일 씨와 관련해 문제 되는 부분이 '인'입니다, '인'.

하지만 '인'이란 반드시 '인간'이어야만 하는가? 여기서 '인'이란 스스로 사고하고 판단할 수 있는 자유로운 주체라는 의미로 해석할 수 있습니다."

명수가 아련한 눈빛을 허공에 보냈다.

"중요한 건, 독립된 자율적 주체로서 타인의 자기 결정권 행사의 진실성을 보증한다고 선언하는 능력이라 할 수 있지요."

의식 없는 이를 제외한 나머지 사람들은, 기적을 목도한 세상의 다른 모든 사람들이 그러하듯 명수를 바라보았다. 대체 지금 무슨 일이 일어나고 있는 거지,라는 생각이 다른 모든 생각을 밀어낸 바람에 다들 얼이 빠져 있었다.

"철학자 비트겐슈타인은 '놀이'를 예로 들어 가족 유사성이라는 개념을 설명했습니다."

명수가 이번엔 애틋한…… 애틋하다고밖에 말할 수 없는 의미 불명의 손짓으로 공기를 저었다. 그가 지금 대체 어디를 바라보는지 아무도 알 수 없었다.

"그게 뭐냐면, 우리가 놀이라 부르는 것들을 가만 보면 그 모두에 공통적인 본성은 없다는 뜻입니다. 카드 패의 조합을 겨루는 카드놀이는 말을 이동해 상대의 말을 잡는 장기와 다르지만 비슷하죠. 게임의 규칙이 있고, 자기 턴이 돌아올 때까지 움직이지 못합니다. 장기와 축구도 다르지만 비슷하죠. 축구에는 턴이 없지만 장기와 마찬가지로 특징이 다른 말들을 운용하여 전략을 짠다는 점이 유사해요. 그럼 소꿉놀이는 어떨까요? 소꿉놀이에는 엄격한 규칙이나 승패가 없지만 즐겁게 시간을 보내기 위해 임한다는 오락적 요소가 공통되어 있습니다.

그래서 비트겐슈타인이 내린 결론은 이렇습니다. 이 다양한 놀이 안에서는 어떤 유사성들이 나타났다가 사라졌다가 하면서 이어지고 있다. 주목해야 할 건, 이렇게 이어지는 유사성의 복잡한 그물 자체다. 그러한 유사성이 바로 '가족 유사성'이다. 몸집, 용모, 걸음걸이, 식성, 기질 등 한 가족 구성원 사이에 존재하는 다양한 유사성은 서로 겹치고 교차하면서 나타난다. 하지만 가족 모두에게 공통된 단 하나의 특징을 찾아내라면 결코 찾을 수 없을 것이다!"

눈부신 아침 해의 세례 속에서 젊은이의 어조는 열을 띠었다. 아마 창을 넘어 들어오는 광대한 바다의 빛나는 표면이 그에게 모종의 감응을 일으키는 모양이었다.

"중요한 건 무엇인가? 비트겐슈타인은 이렇게 말했습니다. 중요한 건 개념을 어떻게 사용하느냐는 것이다. '놀이'라는 개념의 한계는 폐쇄되어 있지 않습니다. 무엇이 더 놀이이고 무엇이 더는 놀이가 아닌가? 이어지는 가족 유사성을 좇아 나아가다 보면 철학의 운동이 보입니다. 우린 실을 잣듯 어떤 개념을 연장해나갑니다."

여전히 명수가 정확히 어딜 바라보는지 아무도 알 수 없었다. 어쨌든 두 눈이 어딘가로 향하고 있긴 했다.

"개념 자체에는 한계가 없습니다, 그건 그냥 언어일 뿐이니까요. 단지 우리가 한계를 긋는 것입니다. 뭐가 놀이고 뭐가 놀이가 아닌가. 누가 인간이고 누가 친족이 아닌가. 우린 실제로는 그 한계를 알지 못합니다. 개념에는 한계가 없습니다. 그저 우리가 어떤 특별한 목적을 위해 한계를 긋는 것뿐입니다."

국립 동산의료원 105호에 모인 일동은 홀린 듯 명수의 말에 빠져들었다. 병실을 꽉 메운 소박하지 않은 냄새조차 어느새 다 잊을 지경이었다. 물론 그건 맞바람으로 지속적인 환기가 일어나고 있기 때문이기도 했다.

"비트겐슈타인은 이렇게 말했습니다. 더구나 우리는, 놀이를 해나가면서 규칙을 만들어내는 경우도 있지 아니한가? 그뿐 아니라 우리가, 놀이를 해나가면서 규칙을 바꾸는 경우도! 있지 아니한가!"

느닷없이 고성을 내지른 명수가 꽉 쥔 오른 주먹을 천장으로 치켜들었다. 명수의 가슴에는 공무원 합격 수기를 쓴 이후 처음으로 다시 자신이 뭔가 확실히 해낼 수 있다는 자신감이 탱천해 있었다. 바로 지금, 철학이 현실 문제에 들어갈 입구를 찾아냈다는 직감에 명수의 눈이 반짝임을 더해갔다.

"'놀이'라는 말이 떠올리게 하는 '놀이의 이상(理想)'이나 '놀이 모두에 공통된 본성'은 실제로는 존재하지 않는다. 우리가 이상에 의해 눈이 멀었기 때문에, 즉 우리의 언어가 우리의 지성에 마법을 걸었기 때문에 우린 '놀이'라는 말을 사용해 자아낼 수 있는 다른 가능성의 질서를 보지 않는다. 철학은! 그 마법에 맞서는 하나의 투쟁이다!"

궐기한 민중 앞에서 선언을 낭독하는 혁명가가 이러한 모습이었을까? 두 의사 중 검은 단발머리를 한 후배

쪽이 저도 모르게 흰머리를 한데 묶어 올린 선배의 가운 소매 끝을 잡아끌었다. 그는 후배 의사를 돌아보고 고개를 옆으로 크게 두서너 번 저었다.

“구공일 씨는 독립적이고 자율적인 주체로서 타인의 자기 결정권 행사의 진실성을 스스로 사고하고 판단하여 보증할 수 있습니다. 지난 1년여간 구공일 씨는 신청인 바로 곁에서 긴 시간을 보냈기 때문에 판단에 필요한 데이터는 충분할 겁니다. 존엄사 신청이 이뤄진 배경과 과정을 잘 알고 있고, 신청인과의 대화를 통해 그 결정을 지지하고 죽음에 입회한다는 합의에 직접 도달한 것도 바로 구공일 씨 자신입니다.

그러니 구공일 씨가 장옥련 님의 친족에 한없이 유사하다고 볼 수 있지 않겠습니까? 가까운 친족이 있었다면 바로 구공일 씨가 했던 그 일을 했으리라 예상되니까요. ‘인간’이라는 개념에서, ‘친족’이라는 개념에서 자아낼 수 있는 다른 가능성의 질서, 그게 구공일 씨 아닐까요? 중요한 건 언어가 우리에게 건 마법에, ‘인간의 본질’과 ‘친족의 본질’이라는 것이 존재하므로 거기서 벗어나는 건 ‘인간’과 ‘친족’이 아니라고 단정할 수 있다는 어리석은 착각에 맞서는 것이 아닐까요?"

박 주무관의 무릎이 풀썩 꺾였다. 열린 창으로 돌진해온 염천 햇빛이 잘 벼린 도끼처럼 그의 이마를 찍었다. 그 때문일까. 젊은이의 시선이 박 주무관에게 꽂혔다.

명희가 구공일의 '어깨' 부분에 손을 올려 힘을 주었다. 구공일이 고개를 돌려 명희의 얼굴을 인식했다. 멀대 같은 공무원에게서 흘러나온 기적의 논리가 그토록 강렬했던 명희의 분노를 삭이고 있었다. 대신 그의 얼굴에 떠오른 것은…… 함의를 정확히 분석하기 힘든 표정이었다.

명수는 너무 오랜만에 큰 소리를 낸 탓에 잠겨버린 목을 가다듬었다. 결론이 가까워지고 있었다. 그의 눈빛이 일층, 아니 삼층 정도 더 비장해졌다.

"구공일 씨는 장옥련 님의 생물학적 친족은 아니지만 철학적 친족입니다. 발생학적으로는 이종이지만, 존재론적으로는 근친인 존재죠. 우린 이 어려움을 철학적으로 돌파할 수 있습니다. 여기 철학적으로 존재하는 것, 우리가 살펴봐야 하는 바로 그것은 관계입니다."

거기서 빈사의 박 주무관이 미약한 저항을 시도했다.

"아니, 지금 그게……. 법이란 게, 행정이란 게, 그렇게 막 임의로 처리할 수가……."

"주무관님!"

인천 소재 문과대학 철학과를 6년 만에 졸업하였으나 공무원 시험은 6개월 만에 합격한 27세 김명수가 버럭 소리쳤다. 인구부 사망관리국 사망행정과 경기13팀에 배속된 이래 명수가 이렇게 큰 소리를 낸 것은 처음이었다. 도무지 정체를 알 수 없는 패기가 지금 이 신입 공무원의 존재를 송두리째 탈취하여 있었다.

"주무관님이 그러셨잖아요. 중요한 건 현장이라고 하셨잖아요! 행정의 최전선에 서 있는 건 우리라고, 국가와 시민 사이에 우리가 있다고요! 현장에서 필요한 건 결재가 아니라 결단이라고 생각합니다. 어떤 기준으로 자를 것이냐가 아니라 어떤 관점에서 자아낼 것인가! 그게 중요하지 않겠습니까!"

C^0.

명수가 마지막 학기 전공 수업에 제출한 기말 리포트의 점수였다. 주제는 비트겐슈타인 후기 철학. 그중에서도 《철학적 탐구》를 중심으로 논하……고자 하였으나 시간 관계상 번역서 앞의 100여 페이지만 겨우 읽고 쓴 리포트였다. 명수는 현저히 부족한 철학적 회로를 뛰어난 암기력과 인용으로 기우는 스타일의 학생이었고, 담당 교수는 차마 졸업을 앞둔 학생에게 그 이하의 점수를 줄 수가 없어 C^0로 타협했다. 그의 열정에만큼은 마이너스를 붙일 수 없었던 까닭이다. 보아하니 가열찼던 공무원 시험 수험 생활도 그 열정을 말살치 못했던 듯하다.

왜 설익은 철학의 화산이 하필 오늘 오전 8시 30분 인천 중구 소재 국립 동산의료원 105호에서 터져야 했는가, 오늘 일진 대체 왜 이런가, 오늘이 정유(丁酉)일이라 그런가…….

아침에 맞기엔 과도한 피로의 파도가 박 주무관을 덮쳤다.

어떤 상황에서든 신중할 수밖에 없는 처지의 두 의사는 다시 벽을 따라 놓인 귀여운 의자로 후퇴했다. 이번엔 간병인과 간병 로봇도 함께였다. 이런 궤변이 통할 리 없었다. 인간과 로봇이 공유하는 지성적 사고에 따르면 그게 상식적인 판단이다. 그저 그들은 영문 모르게 눈이 번들거리는 젊은 공무원과 1분에 1년씩 늙어가는 듯한 나이 든 공무원에게 뭐랄까, 최소한의…… 프라이버시를 주고 싶었다. 그래서 그들은 나란히 뒤로 빠져준 것이다. 까마득한 후배에게 등 떠밀려 수렁에 빠진 대머리 공무원의 존엄을 위해.

박종직, 수렁에 빠진 7급 공무원

박 주무관은 두 손으로 침상 난간을 짚고 서서 눈을 질끈 감았다. 눈을 감자 생명 활동의 지속과 보조에 필요한 모든 설비가 내장된 현대식 병상에서 흐르는 작은 소리가 잘 들렸다. 시익, 시익, 시익, 하는 규칙적인 바람 소리였다.

명수야…… 친족 판단에서 중요한 건 유전자 레벨에서의 유사성이겠지…….

이건 아니지 인마! 공무가 장난이야?! 그는 화를 가까스로 억누르며 몸을 획 돌렸다. 그 순간을 기다리며 섬뜩하게 빛나고 있던 명수의 두 눈이 그의 눈과 똑바로 마주쳤다.

105호에 진정한 기적이 일어난 것은 바로 그 순간이었다. 김명수가 피워 올린 설익은 철학의 도깨비불이 용케 날아올라 박 주무관의 영혼에 찰싹 옮겨붙은 그 순간 말이다.

현장에서 필요한 건 결재가 아니라 결단이다. 확실히 그런 말을 박종직 자신이 한 기억이 또렷했다. 명수가 한껏 주눅 들어 지내던 수습 기간, 맥심 두 봉을 탄 진한 커피를 건네며 그런 말을 했다. 다른 누구도 아닌 박종직 그 자신이었다. 얼어 죽어도 아이스 아메리카노만 찾는 팀원들 사이에서 한여름에도 굳이 뜨거운 물에 맥심을 두 봉씩 타 먹는 이는 그와 명수뿐이었다. 그 심각한 존재의 유사성 때문에 그런 말을 건넸던 것일까? 너무 겁먹지 말고, 자신감을 가지고 일에 임하라는 뜻이었다. 신입이 다 그렇지. 확실히 그 뒤에 덧붙이기도 했다. 모르면 최 서기한테 물어가면서 하라고도.

그러나,

결단.

명수의 입에서 나온 결단이라는 단어가 박 주무관의 꺾인 무릎을 사정없이 강타했다. 현장의 최전선에 선 우리 일의, 국가와 시민을 연결하는 우리 일의 본질은 결단에 있다. 그건 박종직의 영혼이 명수의 입을 빌려 돌려준 말이 확실했다.

그리고 지금은 확실히 모종의 결단이 필요한 순간이었다. 이 모든 일을 원점으로 돌려 6개월을 허송할 것인가? 단지 입회인 하나가 모자라 서류가 미비하다는 이유로, 그것도 우리 측 잘못으로 누락된 사항으로 인해, 복잡다단하기 짝이 없는 존엄사 신청 절차를 다 밟아놓은 다음 의식을 상실한 사람을 황급히 다른 시설로 돌려놓고 6개월을 흘려보낸 후에 이 사람들을 다시 불러 모아 생명유지장치의 전원을 끌 것인가? 이 자리에 오지도 못할 지자체를 구공일 씨 대신 적격한 법정 입회인으로 내세워서?

그것이 장옥련 님이 신청한 존엄한 죽음인가?

박 주무관의 존엄을 위해 여기서 밝히건대, 학부생 수준의 지리멸렬한 궤변이 그를 무너뜨린 것은 결코 아니다. 명수의 개논리에도 기적처럼 뿌리내린 철학의 광기가 박 주무관의 여린 부분을 콱 찌른 것만은 사실이다. 역사와 문학이 삼투해 있는, 그의 존재 가운데 가장 여린 부분을. 하지만 그보다는 간병인의 떨리는 고성에, 말 한마디 없이 그를 내내 좇고 있는 간병 로봇의 시선에, 그리고 대기발령 상태의 저승사자처럼 한 걸음 떨어져 이 소요를 지켜보고 있는 의사들의 존재에……. 무언가, 그를 더욱 깊숙이 건드리는 것이 있었다.

심금(心琴).

그래, 그의 마음의 현이 울렸다. 울리고 말았다. 다음 달이면 갈아치워질 장관이나 은퇴까지 부대껴야 할 이 과장이 아니라, 자신과 명수와 명희와 구공일이, 장옥련 님과 그의 생명 연장을 중단해줄 의사 둘과 이 작은 방에 이렇게 이른 아침부터 모여 죽순처럼 빽빽이 늘어선 광경에 깃든 무언가가 종직의 심금을 울렸다. 아주 찌잉하게 울렸다.

오직 한 사람의 존엄한 죽음을 위해 집합한 타인들과 타-로봇이 현을 뜯은 바로 그 지점에 박 주무관의 영혼이 살고 있었다.

6개월 나야 좋지, 완전 오케이지. 박 주무관 도장 찍어서 올려, 응, 잘 보이게 찍어~ 하나로에 접속하는 사람들 다 잘 볼 수 있게 반듯하게 찍어서 올려~ 아 가실 때 가시더라도 장관님이 보셔야지, 응~ 박, 종, 직 또박또박 써서 올리세요~

물론…… 노래방 에코처럼 사방에서 울리는 이 과장의 목소리도 완전히 무시할 순 없었다. 심금을 울린 비율로 따지면 10프로…… 15프로 정도 될까. 솔직히 말해서.

장옥련 님은 타원형의 얇은 유리 돔이 씌워진 침상에 누워 있었다. 필요한 모든 설비가 침상 아래 내장되어 있었기에 그가 누운 곳은 투명하고 간소한 관처럼 보였다. 의식을 잃은 얼굴은 평온했으나 무섭도록 무감했다. 얇은 이불 아래 누운 몸의 부피는 작았고, 아직 몇 군데에 굵은 관이 연결되어 있었다. 보이는 부분들은 대체로 탄력이 없고 앙상했으며 거무죽죽했다.

"구공일 씨."

갑자기 불린 자신의 이름에 간병 로봇은 반보 앞으로 굴러 나와 대답했다.

"네."

"장옥련 님의 생명유지장치 제거에 입회하고 싶습니까?"

"네."

"왜요?"

갈가리 찢기는 마음으로 고통받는 7급 공무원이 물었다.

"옥련 씨의 바람을 들어주기로 약속했기 때문입니다."

"이분이 당신께 그걸 바란다고 확신합니까? 자신의 죽음을 봐주길 바랄까요? 그러니까, 원하신 방식으로 돌아가시는지 꼭, 구공일 씨가 지켜봐주길 바랄까요?"

"76퍼센트 신뢰도로 그렇게 판단합니다."

원숙한 공무원은 침통히 고개를 저었다. 얼레벌레! 이런 수준의 얼레벌레라니! 공직 생활 25년간 담금질 되어온 박 주무관의 강고한 공직혼이 막다른 골목에 몰려 마지막으로 발악했다. 이럴 순 없어! 얼레벌레 행정이라니! 국가 존립 기반이 무너진다! 용납할 수 없다! 이런 얼레벌레는 내 전 존재를 걸고 용납할 수 없어! 네가 최택견과 다를 게 뭐냐!

"에…… 그런…… 어중간한 믿음으로는 일이 안 됩니

다. 인간 만사란 게 말이죠…….”

그때 명희가 뒤에서 구공일의 몸체를 툭툭 건드렸다. 앞에 선 공무원들의 눈에 띄지 않게끔 바닥에 붙인 발로 툭툭 찬 것이었다. 고개를 돌려 명희의 기묘한 표정을 인식한 간병 로봇이 잠시 침묵하다가, 다시 대답했다.

“확신합니다.”

몇 초가 지났다. 마치 스스로에게 새로운 연산을 소개하는 듯 백색 플라스틱 기체 내에서 냉각팬이 돌았다.

“100프로.”

그리고 구공일은 고개를 끄덕했다.

장옥련, 셔터를 내리는 존엄한 형식에 대하여

이후의 자잘한 사정을 일일이 늘어놔봤자 듣는 이가 괴로울 뿐일 듯하다. 그래도 궁금증이 남은 이들을 위해 요약하자면 다음과 같다.

박 주무관은 일종의 비상사태에 연루된 두 의사의 동의를 얻었다. 다음으로, 단적으로 말해 구공일이 해킹

가능한 존재이므로 먼저 통신 일체를 차폐할 것을 주장했다. 독립적이고 자율적인 판단의 신뢰성을 뒷받침하기 위해서였다. 그래서 명희가 바닥의 오물을 치우는 동안, 구공일은 젊은 공무원을 대동하여 제1입원병동 통신망을 임시 차단했다. 그 사이 박 주무관은 존엄사 실행 항례대로 두 의사와 함께 생명유지장치의 제거 절차를 재확인했다. 동산의료원 105호 침상은 먼저 튜브를 제거한 다음 전원을 꺼야 하는 모델이었다.

관계자가 모두 돌아온 다음 비디오 문서를 3회 반복 시청했다. 절차를 처음부터 다시 밟아야 했기 때문이다.

명희와 구공일이 입회 서류에 차례로 서명했다.

후배 의사가 돔을 열어 튜브를 제거하자, 선배 의사가 모두에게 전원을 끄겠다고 고지했다.

약 20분간 경련과 폐색된 호흡이 무거운 파도처럼 구르다 마침내 흩어졌다. 육체에 남은 불이 남김없이 꺼질 때까지 명희가 내 손을 잡아주었다. 그동안 구공일은 내가 좋아하는 노래가 작은 병실에 끊김 없이 흐를 수 있게 해주었다.

의사들이 나의 상태를 확인한 다음 09시 33분 사망

을 선고했다. 이로써 국립 동산의료원 마지막 잔류 입원 환자의 사망이 하나로 시스템에 정식으로 등록되었다. 동시에 동산의료원 폐원 프로세스가 명시 활성되었다. 내일 오후 5시, 퇴임을 2주 앞둔 장관이 내려와 폐원 기념사를 낭독할 계획이었다.

마지막 인사를 남긴 공무원과 의사 일행은 두 번째 존엄사 현장으로 이동했다. 총 네 개의 현장이 오늘 그들을 기다리고 있었다.

그렇게 나는 무사히 죽었다.

이 지루한 이야기를 끝까지 들어준 인내심 많은 이들은 이제, 단숨에 못 내린 셔터에 대하여 내가 왜 그리 한탄을 늘어놓았는지 이해하리라. 어쨌든 뭔 유럽 맥주 같은 이름 덕분에 때맞춰 죽을 수 있었으니, 만일 사후 세계가 있어 비트겐슈타인과 만난다면 감사의 말을 전하려 한다. 여러분도 죽기 전에 비트겐슈타인 정도는 일독하길 권한다.

이제 내 이야기도 슬슬 다 된 것 같다. 중구난방 늘어놓은 끝에 이 무슨 어색한 마무리인가 싶지만, 한편으로 죽는다는 것은 원래 이쯤 어색한 것인가 한다. 마구

잡이로 엉킨 실타래나 장황하게 늘어진 이야기처럼, 어떤 삶은 싹둑 끊기는 편이 어울리는 법이다. 돌아보면 죽는 것 하나 빼곤 그럭저럭 산뜻한 인생이 아니었나 한다.

자, 그럼 정말 이만, 다들 안녕히.

만물의 앎에는

참으로 끝이 없다

이 지구를 스쳐 지나간 어떤 세(世)보다도 빠르게 인류세가 저물어가고 있다.

✦✦✦

빽빽한 침엽수림을 빠져나오자 작은 초원이 펼쳐졌다. 구금산이 마지막으로 보았을 때, 탁 트인 바다를 굽어보는 이 동그란 땅은 가벼운 바람에도 파도치는 밀밭이었다. 과연 10년이면 강산도 변하고 만다. 요즘은 10년이면 강산이 세 번 변한다고들 한다.

물론 변하지 않은 것도 있었다. IM-901이 매년 공들여 칠하는 '카페 한가'의 파란 리얼징크 지붕이 그대로였고, 1970년대식으로 지어진 단층 건물의 흰 벽에 빛과 그림자를 드리우고 선 매화나무도 그대로였다. 나이를 열 살 더 먹었어도 이 나무는 구금산이 마지막으로 보았던 때와 같은 키였다.

구금산이 햇빛에 바랜 짧은 풀들을 바삭대며 카페 한가로 향할 때 달콤한 해무가 바람에 실려 밀려왔다. IM-901이 공들여 키우는 진한 매실 향기도 10년 전과 마찬가지였다. 느낌이 그렇다는 것이 아니라 사실이 그랬다. 분자분석기에 감지된 수치가 오차 범위를 감안하여 동일하다는 판정을 가능케 했다.

바닷바람의 짠내와 잘 익은 매실의 단내가 조화롭게 뒤섞인 이 '단짠단짠' 향기야말로 카페 한가의 제일가는 자랑거리인 것이다.

✦✦✦

카페 한가의 제일가는 자랑거리가 1년 중 특정 시기에만 맡을 수 있는 이 향기(10년 전에는 3월이었으며 지금은 2월이다)로 정해진 데는 그만한 이유가 있다. 카페 한가를 운영하는 유일한 바리스타가 30년 동안 IM-901이기 때문이다.

카페 한가는 이제 강원도 내에서 영업 중인 유이(唯二)한 카페다. 다른 하나는 해안선을 따라 136킬로미터 북상한 고성군에 소재한다. '지구가 망해도 커피는 마셔야지'라는 상호의 그 카페는 바리스타가 갓 내린 뜨거운 커피 한잔을 마시기 위해 전북 익산에서 10박 11일 걸려 올라온 사람이 있을 정도로 전국에 명성을 떨치고 있다.

우리가 잘 알다시피 기후 변화는 전 세계의 커피 생산량을 급감시켰을 뿐만 아니라 커피의 맛까지도 홀딱 바꿔놓았는데, '지구가 망해도 커피는 마셔야지'의 백발성성한 바리스타는 실로 기—가—막—히—게—도— 반세기 전의 바로 그 맛을 내는, 즉 한때는 전 세계를 덮었으나 이제는 지구 전역에 깨알처럼 소박하게 흩어진 커피 신의 마지막 가호를 받고 계시는 바리스타로 몹시도 유명하다. 아마 비결은 그분께서 카페 뒷마당에 손수 재배하시는 커피 품종에 있으리라고 추측된다. 에티오피아에서 커피의 씨가 마르기 직전 건너온 '오리

지널'이라는 소문이었다. 그러나 IM-901은 자신이 재배하는 커피도 그와 동일종임을 '확신'한다고 했다.

100프로.

구금산은 그렇게 확신 있게 '100프로'를 발음하는 로봇을 지금까지 만나보지 못했다. 그러니 '100프로' 같은 품종인 커피에서 '200프로' 다른 맛을 배전에서든 추출에서든 하여튼 어딘가에서 뽑아낼 수 있는 바리스타의 실력이야말로, 이 유서 깊은 카페 한가의 제일가는 자랑거리를 커피 맛이 아니라 1년 열두 달 중 2, 3주 남짓 주위를 감돌다 사라지는 매실 향기로 내세울 수밖에 없는 까닭이다. 귀한 커피를 마시고 싶을 때마다 136킬로미터를 북상할 용기와 체력(가끔은 재력과 꿈)이 없는 사람들은 지난 30년간 카페 한가를 지켜온 유일한 바리스타의 노고에 감사를 표하는 한편 그의 마음을 상하게 하지 않기 위하여 여기 커피는 '200프로' 다른 맛일 뿐 결코 '틀린' 맛이 아니라고 새로운 손님이 올 때마다 강조했다.

큰 소리로. '시그니처 테이스트'라고.

✦✦✦

구금산이 덜컥이는 미닫이문을 열고 들어와 세월의 더께가 윤나게 스며든 커피 카운터 앞 둥근 스툴에 걸터앉을 동안 옥순 할매는 눈을 떼지 못했다. 그도 그럴 것이, 첫 번째로는 구금산의 글래스 코팅 티타늄 합금 보디가 이 동네에서는 좀처럼 보기 드문 신식 구경거리였으며, 두 번째로 그 표면에 부드럽게 미끄러진 햇빛이 옥순 할매가 아끼는 비취가락지보다도 투명한 연두색으로 다갈색 카운터를 아롱아롱 물들였기 때문이다.

참 드물고 예쁜 광경이었다.

그러나 옥순 할매는 그런 한가한 감상에 젖어 카페 한가 단골의 신성한 의무를 저버리고 앉을 사람이 아니다. 카운터 안에 서 있던 IM-901이 구금산을 향해 고개(라고 옥순 할매를 포함한 애일리 주민들은 부른다. 사실 그것은 IM-901의 최상부에 잠망경처럼 돌출된 시각 정보 수집기다. 기능에 준거하자면 단연 눈이겠지만, 360도 회전할 뿐 아니라 상하로 신축하는 튜브가 달린 그것의 움직임은 인간의 고개와 닮았다. 실제로 누군가를 볼 때마다 IM-901은 이 부위를 '끄덕'이는 것으로 인사를 대신한다. 그래서 그들이 사랑하는 바리스타의 몸통 최상부에 정사각형으로 배열된 세 쌍의 겹렌즈와 연결부를 통틀어 부르는 명칭은 '고개'가 되었다)를 끄덕이기도 전에, 옥순 할매는 물 흐르듯 구금산 옆 빈 스툴을 꿰차고 앉았다.

옥순 할매는 드라마를 아는 사람이다. 그는 손에 든 긴 컵을 우아하게 들어 그 안의 얼음이 챙강, 하고 얇은 유리에 부딪는 맑은 소리를 낼 때까지 기울인 다음 찰랑이는 진한 검은색 액체를 한입 머금었다.

캬아. 언제 마셔도 참 쓰다. 소태 같다.

그리고 마치 혼잣말처럼 허공을 보며, 그러나 앉아서 사방 구석이 손금처럼 훤히 들여다보이는 작은 카페 안에 손님은 둘뿐이었으므로 사실 내 말 잘 들으라는 의도가 명백하게, 뿌듯한 목소리로 새 손님에게 말을 걸었다.

"잘 왔어요. 이 집이 커피 하난 참 잘하거든. 고미(苦味)가 아아주 일품이랍니다."

그러자 카운터 안에서 IM-901이 고개를 부채꼴로 흔들었다.

"옥순, 이자는 손님 아니다. 나의 친구다."

친구의 소개가 끝나길 기다려 구금산은 옥순 할매를 향해 예의 바르게 고개를 숙였다.

"안녕하세요. 처음 뵙겠습니다. 구금산이라고 합니다."

"아이고, 구 금산 씨, 만나서 반갑소. 나는 임 옥순이라 합니다."

구금산은 쪼글쪼글 주름진 조그마한 갈색 손을 잡아 두 번 흔들고 놓았다.

옥순 할매의 두 눈이 실로 반갑게 반짝였으므로, 구금산은 앞으로 이 카페에서의 모든 대화가 전부 이 할매를 포함하여 이뤄져야 함을 깨달았다. 넉넉잡아 한 시간 후면 애일리 서른세 가구 주민 전원에게 구금산의 신상과 근황이 낱낱이 흩뿌려지리라. 카페 한가를 넣어 헤아리면 서른네 가구인 주민 모두에게.

✦✦✦

상용 글로벌 인터넷이 과거의 유산이 된 이래, 국가

역량 집중 연구 또는 군사 목적으로 제작되지 않아 통신 위성 접속 권한을 제한 혹은 상실당한 다른 많은 로봇처럼 구금산과 IM-901도 우편을 통해 교류를 이어왔다. 우편은 띄엄띄엄 이어졌으며, 누락되기 일쑤였고, 종종 오배송되곤 했다. 수발신지가 각각 이쪽 바다 끝과 저쪽 산속인 경우라면 말할 것도 없었다. 그러나 이러한 오지에서도 다행히 우편은 멸종하지 않았다. 덕분에 구금산은 올해 창밖의 매실에 대하여 IM-901이 수립한 계획을 알고 있다.

"옥순 씨군."

"옥순의 도움이 필요하다."

인간이 없었다면 두 로봇의 '회포 풀기'는 좀 더 신속한 방식(예컨대 굉장히 구식이지만 구관이 명관이라고 요즘 같은 시대에 주변기기 없이도 든든한 적외선 통신)을 택했을 것이다. 하지만 옥순 할매가 동석하였으므로 두 로봇은 한국어 음성으로 대화해야 했고, 때문에 예기치 못한 대화는 적절한 시작점을 찾느라 잠시 멈췄다 급발진했다.

다행히 옥순 할매의 눈치는 새로 나온 G12 칩셋보다 빠르기로 유명했다.

"뭐든 다 적당히 해야 한다, 적당히. 첨엔 가스가 많이 나오니까 단단히 닫으면 안 돼. 적당히 뒤적거려주고, 적당히 열어주고 그러다 가스 좀 빠지고 그러면 그담에 닫아야지. 다 순서가 있다."

"옥순이 시킨 대로 면보 세 장 샀다. 강릉까지 갔다 왔다."

"아, 그제 장 본다고 카페 문 닫았나? 샀나?"

옥순 할매는 IM-901이 카운터 아래서 꺼낸 새하얀 면보를 유심히 뜯어보았다. 마감이 영 어설퍼도 이 정도면 이 시절에 상등품이다.

"됐다, 잘 샀다. 요걸 주둥이에 씌워놓으면 괜찮지."

구금산의 친구는 작년 이맘때 청을 만들기 위해 매실과 설탕을 켜켜이 부어 넣었던 꼬마 장독이 폭발한 소식을 편지로 알려왔었다. 석 달 후 도착한 후속 편지에서 밝혀진 바에 따르면, 책에서 읽은 '밀봉'을 위해 뚜껑을 과감히 용접한 것이 원인이었다. 혈기왕성한 효모가 만들어낸 혈기왕성한 규모의 발효 가스는 한밤중 꾸오와아아아아앙! 벽력같은 소리로 독을 터뜨렸고, IM-901은 다음 날 동틀 때까지 독의 파편을 주우러 돌아

다녀야 했다. 날이 밝자마자 밤새 카페 한가가 낙뢰를 맞은 줄 알고 놀라 달려온 옥순 할매가 혀를 찼다. 티끌 모아 티끌 될까 말까 코딱지만 한 것들까지 노나주고 청 담가서 한 잔 다 채우게는 나오겠냐고, 자네도 보면 참 말 오진 데가 있다고, 매실액으로 얼룩져 어중간한 풋내가 나는 로봇에게 잔소리를 한 바가지 퍼부은 다음 할매가 알려준 것이 발효 가스를 빼는 요령이었다.

"한가가 먼저 할매, 나 매실청 담그고 싶어요, 한마디 했으면 이 사단은 안 났지, 그지?"

IM-901(꼬박꼬박 '한가'라 부르는 옥순 할매와 달리 애일리에서 보통 그는 '어, 왔어?', '앉아봐', '음, 그래요', '어, 가나', '조심히 가요', '또 봐', '내일 들를게요' 등으로 통한다. 주민들은 지칭이 필수적인 경우에 한해 IM-901을 '한씨 로봇'이라 부른다. 애일리에 '한씨 인간'이 있어서다. 그 가가 이 가가 아니라는 사실은 모두 그냥 넘어간다)은 고개를 깊이 끄덕였다.

"맞다. 옥순에게 먼저 물어봤으면 됐는데. 나는 옥순이 매실청 담그는 법을 아는지 몰랐다."

"하긴 나도 직접 담가본 지는 좀 오래됐지……. 그래도 매실 요만큼 갖고는 담근다고도 안 해. 이 근방에 매화나무는 이제 이거 한 그루 남았잖소, 한가가 애면글면 키워갖고. 구 금산 씨 오신 데는 어떤가? 매화나무가 좀 남았습니까?"

구금산의 달걀귀신처럼 갸름하고 밋밋한 우윳빛 얼굴에 색색의 잔물결이 휙휙 지나가다 다음 순간 선명한 이미지로 고정되었다. 거기에는 성인이 두 팔 벌려 감아도 남을 만큼 줄기가 굵고 가지가 벌어진 나무가 구름 같은 분홍색 꽃을 달고 서 있었다.

"제가 사는 집 앞 매화나무입니다. 수령은 80년 정도로 추정되고요. 올해도 꽃이 많이 피었습니다."

옥순 할매와 IM-901은 잠시 말을 잊고 구금산의 얼굴을 들여다보았다. 옆에 앉은 조그만 한옥을 다 파묻어버리고 금세 날아가기라도 할 듯 기세가 대단한 나무였다.

"이 정도면 뭐 담그는 재미가 쏠쏠하겠네."

"하지만 저희 만신께서는 요즘 좋은 설탕 찾기 힘들다고 담그지 않아요. 대신 낙과를 주워 나눠 드리고 남은 것으로 장아찌를 조금 해 드십니다. 신당에 올릴 술도 한 병만 담그시고요."

"만신이요?"

“네, 법률 제18770호 문화재보호법 제24조에 의해 지정된 지방무형문화재 총 스물다섯 개 무당굿 중 하나인 경기도 은산 지노귀굿을 전수하시는 큰무당입니다. 이 집의 매화나무가 워낙 유명하여 매화만신으로 알려져 있습니다. 사는 곳에 따라 별호를 갖는 한국의 관습을 존중하여 제가 속한 한국무형문화연구소에서도 본명 대신 매화만신이라 호명하지요.”

IM-901은 옥순 할매가 커피를 원샷하는 틈을 타 카운터에 동그랗게 남은 물 자국을 꽃무늬 행주로 신속하게 훔쳤다. 그가 아까 콜드브루 컵을 받쳐 내간 왕골 코스터는 옥순 할매가 버리고 온 테이블에 혼자 덩그러니 놓여 있었다. 외롭고 건조하게.

“아이고, 한가야. 나 커피 한 잔 더 주시게.”

IM-901은 아까 ‘만신’ 소리가 들릴 때부터 미리 준비해놓았던 새로운 콜드브루 컵을 옥순 할매 앞에 내려놓았다. 그가 직접 재봉하여 제작한 빗살무늬 면 코스터 위에 올려서. 커튼을 만들고 남은 자투리 천을 이용해 제작한 코스터는 한 치 오차 없이 재단된 반달 모양을 포인트로 한 디자인으로서, 도톰한 누비이기에 컵에서 흘러내린 물기가 직접 나무에 닿는 일을 원천 방지해주는, 기능적으로도 더할 나위 없이 완벽한 제품이었다.

카페 한가의 바리스타는 주변이 반듯하고 청결한 것을 좋아한다. 그건 그가 간병 로봇이었을 때부터 소중히 가꿔온 습관이다.

✦✦✦

한국무형문화연구소 소속 무형문화 현장조사 기록 보조 연구원 구금산은 직업 특성상 사람과의 친화도가 높다. 그 원인인지 결과인지는 모르겠으나, 그래서 구금산은 누군가와 대화 나누기를 즐긴다. 상대가 사람이건 아니건 간에 말이다. 그런 구금산으로서도 옥순 할매처럼 능숙히 원하는 이야기를 줄줄 뽑아내는 말 상대는 오랜만에 만나보았다.

"30년이라……. 여기 한가만큼 오래 했네."

"만신의 평생을 기록 유산으로 남기는 것도 제 과제 중 하나라서요."

"그럼 구 금산 씨가 그, 매화만신의 신……."

옥순 할매는 말끝을 흐리며 구금산의 눈치를 슬 살폈다. 옥순 할매는 무당이 무업(巫業)을 전수하기 위해 제자를 받아들인다는 것을 알고 있다. 여성이 중심인 무속의 세계에서 그 제자들은 대개 '신딸'이라 불린다 했다. 무당은 '신엄마'고 말이다.

구금산은 국가지정 무형문화재인 경기도 은산 지노귀굿의 현장 기록과 함께, 이 지역의 큰무당인 매화만신의 무업을 인류 공통 기록 유산으로 남기는 과제를 수행 중이라 했다.

이렇게 인류가 황혼을 맞은 이 시대에 우리 경기도의, 한국의, 세계와 인류의 문화유산을 보존하여 후세에 영원토록 남기는 것을 사명으로 삼은 인간들을 불쌍히 보시어 만신을 찾아오는 다른 사람들에게처럼 진정으로 위로하고, 그 마음을 헤아려주시고, 연구를 수락하여주시고, 만에 하나 만신께서 거절하신다면 진짜 이생에 어쩌지 못할 한이 맺힐 인간들이고, 저승 갈 날에도 미련이 남아 구천을 떠돌지 혹시 모르고, 그것은 또 만신과 신령들이 보시기에 참 불쌍한 일이 아니냐고, 우리는 내일 죽어도 할 일은 하고 죽어야겠다는 진지한 각오로 만신을 찾아왔다고, 요약해도 구구절절 질척이는 설득 끝에 매화만신은 마지못하여 구금산의 '신엄마'가 되기에 동의했다. '제자'라는 참여자적 관점에서 만신의 일대 무업을 관찰·기록함으로써 무속 문화 경험을 엄밀하고 생생하게 보존하는 작업이 꼭, 꼭, 꼭꼭, 꼭!! 꼬오옥!!!!! 필요하다며 소장 이하 수 명이 만개한 매화나무 아래서 읍소한 덕택이었다.

그러나 30년 전 그렇게 만신의 치맛자락을 붙들고 읍소한 연구소장은 물론, 같이 있던 이하 수 명 및 거기 남게 된 구금산조차, 심지어는 졸지에 한국무형문화유산보존 프로젝트 소속 보조 연구원 로봇을 제자로 거두게 된 매화만신조차 구금산이 무엇인지 알지 못했다.

로봇은 무성(無性)이 아닌가?

그렇다면 구금산은 매화만신의 '신-' 무엇인가. 확실히 '신딸'은 아니며 그렇다고 '신아들'도 아니다. 또한 '엄마'와 '자식'이라는 명칭에 압축된 관계성과 무속 문화의 특성을 상기할 때 '신로봇'은 부정확한 명칭이며, '신제자'는 타 종교와의 혼동을 일으킬 여지가 다분했다. 현시점에서 확실한 것은 구금산이 매화만신의 '신-뭐'라는 사실뿐이었다.

"신당에 오시는 손님들이나 동료 만신들은 대체로 '신저기'라 합니다. '신거시기', '신뭐시기', 줄여서 '신'이라고도 하지요. 늘 그렇게 부르기 애매하니 매화만신이 별호를 지어주셨어요."

"아, 구 금산이 별홉니까?"

"네. 제가 온 곳을 따라 얻은 이름입니다."

"그런데 금산 씨는 은산서 오셨다면서?"

"저는 한국무형문화연구소에서 발주하고 미국 샌프란시스코 공장에서 제작되어 온 경우라서요. 19세기 중반 금광이 발견되어 골드러시가 일어났던 캘리포니아 샌프란시스코를 중국에서 '구금산(舊金山)'이라 표기했는데, 그 한자 표기가 한국에서도 사용되었다고 합니다. 사실 20세기 초 한국에서는 일본식 표기를 받아들인 '상항(桑港)'이 더 많이 쓰였는데, 만신이 '구금산'으로 골라주셨습니다. 이름으로 쓰기에 번다하지 않다고요."

"그렇구먼. 이게 구 금산 씨가 아니고 구금산 씨구먼."

“네. 참고로 ‘신금산(新金山)’은 호주 멜버른이었다고 합니다.”

♦♦♦

옥순 할매의 스쿠터 뒤꼭지에 달린 태양열 전지판이 검은 잔광을 끌며 절벽 아래로 사라지고 20분쯤 지났을 때였다. IM-901이 카운터 끄트머리를 매끄럽게 돌아 나올 때 사위가 순식간에 불을 끈 듯 어두워졌다. 구금산이 돌아보자 이미 열린 문들 너머로 손톱만 한 우박이 후두두두두두두두 쏟아지고 있었다. 휘몰아치는 강풍을 탄 얼음 알갱이들은 약 15분간 카페 한가의 틈새로 와글와글 튀어 들어왔다.

IM-901은 미닫이문 옆에 세워둔 빗자루와 쓰레받기를 익숙한 순서로 찾아 들었다. 며칠 전 장 보는 김에 합성고무를 사서 끼워봤더니 그의 바퀴들은 이제 한결 폭신하고도 매우 조용하게 움직였다. 이 정도면 단골들의 입에 붙어 있던 잔소리(‘기름칠 좀 하라’는 관용적 표현)를 잠재우기에 충분했다.

끓는 물처럼 사방을 잠갔던 요란한 소리가 시작될 때와 마찬가지로 갑자기 그치자 바리스타는 작은 카페 안에서 길을 잃은 신의 손톱을 무더기로 쓸어 모았다. 양철 쓰레받기에 흙먼지와 뒤섞여 담긴 우박은 내부에 몇만 년 전 공기와 흙을 그대로 품고 있다는 북쪽 빙하의 작은 버전처럼 보였다. IM-901은 그 마이크로 빙하의 자리를 주방문 밖 커피 온실 한쪽으로 옮긴 후 자리로 돌아왔다.

"옥순 씨가 다치지 않았을까?"

옥순 할매는 카페 한가에 들렀던 본래의 목적을 완수하기 위해 아까 자리를 떴다. 제시간에 새참을 배달하려면 아슬아슬 일어나야 했기 때문이다. 오늘은 내서(耐暑) 개량종 은하수의 2차 파종일이었고, 때문에 애일리의 귀여운 논두렁마다 1분 1초 카페인 부족에 시달려 쓰러지는 사람들이 주렁주렁 열려 있었다. 그래서 옥순 할매는 이제 잠깐 갔다가 금방 올 테니 구금산 씨 잘 좀 부탁한다는 말을 끝으로 콜드브루가 찰랑이는 5리터들이 유리병을 전동 스쿠터 짐칸에 싣고 휭 떠나버렸다.

그러나 그렇게 옥순 할매가 나간 뒤에도 두 로봇은

한국어 음성으로 대화를 지속했는데, 이는 옥순 할매의 존재감이 너무나도 강렬한 나머지 그가 잠시 자리를 비운 사이에도 이 대화가 '셋' 사이에서 진행 중이라는 확고한 판단이 들어서였다.

"옥순은 우박이 내리기 전에 늘 먼저 안다. 우박이 내릴 땐 항상 손가락이 저리다고 했다."

그리고 비가 올 땐 무릎이. 설명을 덧붙이며 IM-901은 원통형의 자기 몸체에서 인간이라면 다리에 해당했을 하단부를 두 번 쳤다. 강화 플라스틱끼리 부딪치는 경쾌한 소리가 작은 실내에 탕탕 울렸다.

"사람들이 몇 명이나 올까?"

구금산의 질문에 IM-901은 즉답했다.

"애일리 서른세 가구 현재 거주 인원 총 일흔 명 중 약 4분의 1에 해당하는 열일곱 명은 출석한다."

스툴에서 일어난 구금산은 그때까지 등에 메고 있던 송아지만 한 봇짐을 내려 매듭을 끄르고 안의 물건을 차근차근 꺼내 카운터에 펼쳤다. 흰 바지저고리, 명주 무지개치마, 속치마와 겉치마, 남색 치마, 홍색 치마, 연두색 당의, 진한 노란 바탕에 자수한 붉은 천을 덧댄 은

하몽두리, 붉은 활옷, 대띠, 한삼, 화려하게 장식한 큰머리와 어여머리, 쉰대 한림부채, 칠성방울까지 다갈색 카운터에 흘러내릴 지경으로 꽉 찼다.

"밀밭이었다면 모두 앉을 자리가 없었겠군."

한때 밀밭이었던 카페 한가 앞 공터는 이제 애일리 서른세 가구 현재 거주 인원 총 일흔 명이 딱 떨어지지 않는 3열 종대로 앉고도 너끈히 남을 크기다.

"혼자 다닐 때도 언제나 이렇게 많은 물건을 꾸려 다니는 건가? 오늘 같은 일이 자주 발생하는 건가?"

"아니. 아니."

질문에 순차로 대답한 후 구금산은 다시 한번 확인했다.

"오늘 같은 일은 처음이야."

매화만신은 구금산이 이번 여정을 떠나던 날, 그를 대청마루에 불러 앉힌 후 잠시 인상을 썼다. 그때는 처마 밑으로 들어온 아침 햇살에 눈이 부셔 그러시는 줄 알았다. 구금산이 드디어 이 지경에 처해 돌아보니 아마 매화만신은 이걸 어디까지 챙겨 보낼지 고심하신 듯하다. 그도 그럴 것이 짐이 어마어마했다. 아무리 로봇에게 들려 보낸다 해도 말이다.

매화만신은 필요한 것들을 부산히 찾아 마루에 늘어놓으면서 구금산을 처음 집에 들일 때 했던 이야기를 딱 30년 만에 다시 꺼냈다. 당신께서는 인류문화유산인지 연구인지 뭔지 떠들어가며 최신형 '앤두로이'인지 뭔지 내력도 알 수 없는 것을 냅다 들이미는 꼴도 껄끄럽고 더구나 그것을 제자로 삼아 무당 일을 가르치라니 그냥 열이 확 뻗쳐서 다 들어 엎을까 하셨단다. 그러나 오로지 그 전날 꾼 꿈 때문에 매화만신은 마음을 고쳐먹고 구금산을 받아들였다. 나뭇잎 아래 붙은 알에서 깬 애벌레가 고치가 되었다가 마지막에는 오색나비가 되어 날아가는 꿈이었다. 당신께서 생각하시기에, 나비의 딸이 애벌레인데 말을 안 해주면 그 애벌레는 자기가 자라 뭐가 될지 알겠느냐고, 고치가 되면 자기는 그렇게 죽는 줄 알지 않겠느냐고, 그것이 자라 나비가 되리라 아는 건 그 알을 낳은 나비밖에 없겠지만 또한 나비가 처한 세계에선 어떤 애벌레가 콕 집어 자기 자식인지 알 방도도 없으려니와 알 필요도 없으니, 알은 알, 애벌레는 애벌레, 고치는 고치, 그리고 나비는 나비로서 살다 가는 거 아니겠냐는 것이다. 그러니 내가 지금

알인지 애벌레인지 고치인지 나비인지 아님 다른 무엇인지 모르는데 하물며 네가 지금 무엇인지 내가 어떻게 알겠느냐, 내 마음 편하게 애벌레끼리 모여 산다 치고 나는 이제부터 너를 나의 신딸, 아니, 신……아들? …… 아 몰라 하여튼……으로 여기겠다고 하셨다. 그러니 너도 여기서 지내는 동안 나를 신엄마로 여기라고.

그래서 구금산이 그 이야기를 왜 오늘 다시 하는지 묻자, 매화만신은 황색 비단 은하몽두리를 곱게 개던 손을 멈추고 씩 웃었다.

"너 이번에 처음 굿하겠다."

그리고 눈 깜짝할 사이에 무시무시한 크기의 봇짐이 탄생했다.

구금산은 매화만신이 앞에 놓인 의복을 입던 순서를 잠시 복기한 다음, 차례대로 바지저고리를 입고, 무지개치마를 입고, 속치마를 입고, 겉치마를 가로대로 말아 묶었다. 다음으로 남색 치마와 홍색 치마를 겹쳐 입고, 당의와 은하몽두리와 활옷을 입은 위에 대띠를 큰 나비 모양으로 묶었다. 그다음 한삼은 일단 두고 어여머리 위에 큰머리를 올려 휙 얹었다. 이 큰머리에 떠구지 비녀와 칠보 나비잠, 진주와 산호를 박은 떨잠, 옥비녀 같은 섬세한 장식이 많은 탓에 구금산은 평소보다 속도를 낮춰서 걸어야 했다. 여기 작은 흠집 하나라도 생기면 집에서 쫓겨날 것이 분명했다.

"무슨 근거로 열일곱 명이 온다는 거야?"

구금산은 만일 옥순 할매가 보았다면 엄정하다 할 만한 태도로 옷 입기를 마치고 매무새를 정리한 후 스툴에 다시 살짝 걸터앉아 IM-901에게 물었다. 그는 이제 마치 커피를 마시러 잠시 동네 카페에 내려온 오색구름처럼 보였다.

"여기 사람들은 많이 심심해한다."

천장까지 닿은 그릇장 안을 들여다보던 IM-901은 마침내 친구가 부탁한 적당한 크기의 상을 발견하고 유리가 끼워진 나무 문을 열었다.

"여기뿐만 아니라 사람들은 전반적으로 심심해한다. 평균적으로 4분의 1 정도는 언제나 심심해서 새로운 무슨 일이 있다면 보러 가는 편이다."

"그렇군."

오색구름은 커피를 마시지 않으므로 그대로 꼿꼿이 앉아 기다렸다. 옥순 할매의 탈탈대는 스쿠터 소리가 카페 한가의 문턱을 다시 넘어올 때까지.

✦✦✦

해는 이제 짙은 숲 너머로 내려갈 참이었다. 불타는 저녁 햇빛을 마주한 구금산의 달걀형 얼굴이 진한 분홍빛으로 물들었다.

구금산은 좌중이 자리 잡고 앉기를 기다려 이야기를 시작했다.

"안녕하세요. 저는 한국무형문화연구소 현장조사 기록 보조 연구원 겸 경기도 은산 매화만신의 제자 구금산이라고 합니다."

큰머리가 자칫 미끄러져 떨어지기라도 할까 봐 고개를 숙일 수 없어 구금산은 대신 부채를 쥔 손을 흔들었다. 그가 손에 낀 한삼 자락이 너울너울 흔들리자 좌중도 홀린 듯 두 손을 팔랑팔랑 흔들어 인사를 돌려주었다.

"여기 계신 애일리 이장님 임옥순 씨가 말씀하시길, 이곳 애일리에서 오랫동안 많은 분이 각자 사연을 안고 돌아가셨으나 굿을 한 적은 한 번도 없다고 하셨습니다. 그동안 스님과 신부님과 목사님은 한 번씩 다녀 가셨는데 만신은 한 번도 온 적이 없었다고요. 스님과 신부님과 목사님의 인도에 따라가지 않은 망자 중 본인의 신념 또는 이곳 애일리에 연구차 정기 방문하고 계시는 고생물학 박사님의 강의에 따라 자연으로 돌아간 분이 많다면 다행인데, 여태 자기에게 맞는 길을 만나지 못해 미적대는 망자가 혹시 있다면 애석한 일이 아니겠느냐고 하셨습니다. 예를 들어 바다 건너 다른 나라에서 시집와 여기서 돌아가신 옥순 씨의 할머님은 평생 무교였지만, 죽으면 흙이 되는 대신 어디 갈지도 모르는 일 아니냐고 말씀하시는 등 생전에 다소 애매한 포지션을 고수하셨다고요."

주호 할매는 이제 옥순 할매가 계승한 그 애매한 생사관에 대해 보태고 싶은 말이 아주 많은 기색이었지만, 아직 잘 모르는 로봇 앞이라 그저 점잖게 음, 음음, 음, 하고 고개를 끄덕여 보였다. 그러다 동의의 표시로 옥순 할매의 옆구리를 찌른다는 것이 그만 기어를 건드려 주호 할매의 전동 휠체어가 구르륵 앞으로 튀어 나가는 작은 해프닝이 발생했다.

구금산은 못 본 척하고 말을 이었다. '눈치'는 구금산이 매화만신의 신당에서 손님들에게 이리저리 치이며 아주 오랜 시간 공들여 학습해야 했던 개념이다.

"저는 망자 천도 의례를 주재할 자격이 있는 만신이 아니라, 한국무형문화연구소 현장조사 보조 연구원으로서 굿의 실행을 기록하는 로봇입니다. 옥순 씨가 부탁하고 또 여러분이 용인해주셨다 한들 제멋대로 이런 일을 벌이는 것은 연구 윤리에 중대히 어긋날뿐더러 제가 기록하고 있는 문화에 대한 예의도 아닙니다."

구금산의 몸체 가장 위에 걸쳐진 활옷이 저녁 햇빛을 반사하여 깊은 다홍색 광을 발했고, 색동 한삼의 널따란 소매가 매실 향기를 싣고 온 해풍에 크게 부풀었다. 그러자 밋밋한 얼굴 위 큰머리에 촘촘히 꽂힌 장식들이 더불어 짤랑이며 반짝거렸다.

"다만,"

순간 들이친 바람에 큰머리가 삐끗할 뻔하여 구금산

은 민첩하게 고개의 각도를 조정했다. 큰머리를 두른 검은 댕기에 아로새겨진 금박 문양이 그를 따라 물결쳤다.

"만신께서 꿈을 꾸셨다며 필요할 테니 가지고 가라고 주신 옷이 망자 천도 의례에 쓰이는 옷이고, '너 이번에 처음 굿하겠다', '깝치지 말고 있는 걸로 알아서 적당히 잘해라'라고 말씀하신 사실이나, 애벌레의 모호한 비유를 다시 든 정황을 종합하면, 저의 부족에도 불구하고 이 자리를 간접적으로 허락해주셨다 해석할 수 있습니다."

그러자 구금산의 왼손에 늘어진 대 끝에서 일곱 방울이 딸랑딸랑 영롱한 소리를 냈다. 물론 이 역시 달콤한 짠바람이 흔든 것이다.

"정식 망자 천도 의례는 긴 시간과 정성을 들여 많은 사람이 준비합니다. 지금 여기서 저 혼자 경기도 은산 지노귀굿을 재현하는 것은 불가능합니다. 하지만 가는 길을 몰라 남은 망자가 있다면, 그 실마리는 저를 통해 알려드릴 수 있습니다. 지노귀굿 의례 중 하나인 '말미'는 〈바리공주〉 무가를 일컫는 말인데요. 망자는 말미를 듣고 저승에 이를 길을 알게 된다고 합니다."

구금산은 말을 마치고 미리 준비한 말미상 앞에 처언—천—히— 가 섰다. 카페 한가의 희고 낮은 건물과 중동이 구부러진 매화나무를 배경 삼아 놓은 검정 소반 위에는 옥순 할매가 챙겨 온 흰쌀이 한 무더기 쌓여 있었다. 본래대로라면 여기 밀초 두 자루와 향을 사르는 향로, 들기름 먹인 새발심지까지는 갖춰야 할 텐데 쉽게 구하기 힘든 물건들이라……. 구금산은 대신 먹통이 되어 서랍 안에 잠들어 있던 애일리의 스마트폰 두 대를 빌려 촛불 두 개를 켜는 데 성공했다.

"망자는 말미 사설을 명부(冥府)의 십대왕에게 전해야 합니다. 그러니 잘 들으십시오."

구금산으로부터 2미터 정도 떨어진 마른 풀밭 위에는 산 자 다섯 명이 옹기종기 앉아 있었다. 옥순 할매의 친구인 주호 할매와 17년 만에 애일리에서 탄생한 젖먹이 아기 고금, 그리고 애일리 공식 녹화 담당으로 차출된 산호와 해주(애일리에서 유이한 10대 동갑내기였다)가 전부였다. 니가 뭘 아냐 이리 내놔라 너가 보면 아냐 너나 내놔라, 내내 구금산의 눈치를 보아가며 복화술로 다투던 그들은 구금산이 말미상 앞에 설 때가 되어서야 역할 배분을 끝낸 모양인지 군용 축전지 크기의 금성 노트북과 구형 아이패드를 각기 나눠 들고 양옆으로 떨어져 섰다. 어쨌든 아이들은 산 자든 죽은 자든 이 자리에 출석하지 못한 모든 애일리 사람들에게 저승 갈 길을 고지할 임무를 진지하게 받아들이고 있었다.

열일곱 명에 크게 못 미치는 좌중 옆에 선 IM-901의 표정을 비록 구금산이 읽을 수는 없었지만(IM-901이 해를 등지고 서서 역광이 강했다) 아마 로봇에게 가능한 한도로 민망할 것이다. 인간도 로봇도 그렇게 미래를 정확히 예측하는 데는 언제나 실패해왔다. 우리의 예측보다 대멸종은 빨랐으나 멸망은 반대로 느렸듯이. 풍성한 밀밭이 예상보다 30년이나 빨리 바닥을 드러내고 유사 이래 내내 심심했던 사람들은 6개월 후의 수확을 위해 예상보다 적게 온 것처럼.

언덕에서 쏘아 올린 무지개처럼 구금산이 좌중을 향해 똑바로 서자 우윳빛 밋밋한 얼굴이 일렁이기 시작했다. 그리고 다음 순간 거기 굵은 눈썹 아래 안광이 형형하고 코가 두툼하고 마른 입술을 한일자로 가지런히 다문 매화만신이 실렸다.

시왕영검 흘리놓와 사람 죽어 고혼 되면

초단에 선황자요 이단에 자리걷이 삼단법식 진오기 단오기

서낭제 사십구재 백일제

치어다 백차일에 죽은 이 천도하고

날이면 유자일에 산 이가 성도하여

만구름 차일 안에 홍보란 홍삼주요 백모란 백삼주라

유밀과 사줄대턱 받아다가 십대왕전 위로하고

일곱 사자 갈망하고 삼 사자 허참하고

안당에 불구 벗고 본향에 쇠를 놓고

밧시루 밧별비는 명두궁에 조상 받고

쓴 칼 풀어 맨발 끌러 잔잔 촛불 낮은 향내 새발에 인정 받고

바리공주 말미 받아 한마디도 잊지 말고

십대왕 위로하고 극락세계 연화대 가실 적에

밝구두 밝은 날은 젖구두 젖은 날은

난향벌 초감 염불 받아 극락세계 연화대로 망제천도해 가시는 날이로서니다*

만신이 미처 들려 보내지 못한 장구를 치는 몸짓과 함께 구금산의 것이 아닌 낭랑한 목소리는 산 자 다섯

을 휘둘러 어루만진 후 흰나비들과 함께 마른 땅과 숲을 지칠 줄 모르고 우수수 어디까지나 달려, 또는 엄지손가락 한 마디만 한 노을색 열매가 달린 가지를 흔들고 파란 지붕을 후루루 넘어 절벽 끝까지 곧장 날아가 훌쩍 아래 망망한, 망망한, 망망한 바다로 뛰어내렸다.

IM-901만은 미동 없이 그 노래를 들을 수 있었다.

⧫⧫⧫

〈바리공주〉는 장편 서사무가다. 즉 정식 의례대로 만신이 직접 구송한다면 기나긴 시간이, 구금산이 시작한 시점으로 치면 달이 중천에 떠서야 끝날 노래였다.

그러나 구금산은 매화만신과 보낸 30년간 '눈치'와 '깝치지 않는다', '알아서 적당히 잘'을 딥-러닝하여 노련미를 더해온 '신-뭐'기에 애먼 산 자들이 밤의 어둠 속에 헤매는 안타까운 일이 없도록 저승 가는 길 실마리는 줄 만한 적당선에서 재생을 끝냈다. 5년 전 잔잔한 강을 내려다보는 어느 야트막한 동산에서 매화만신이 드렸던 말미의 30분짜리 '구금산 컷' 버전이었다.

이러한 자리에 온 것이 처음인 청중은 박수를 보내야 할지 아니 그것은 이 경우에 약간 경박하다 할지 그렇다고 절을 할 수도 없고 모른 척 일어서기도 그렇다 할지 웅성거리다 처음처럼 두 손을 팔랑팔랑 흔들어 눈앞의 구금산에게 감사 표시를 하기로 했다.

그렇게 서로 인사를 나누고 그 김에 수줍게 어설피 몇 마디 더 이어 붙이고 하다 보니 어느새 해는 넘어갔고 앞의 바다와 뒤의 숲은 남은 낮으로 아직 환하였으나 곧 먹장을 갈아 붓는 듯한 어둠이 몰려올 터였다. 전기가 귀해진 이 시대에 밤은 문자 그대로 앞이 캄캄하니, 산 자의 안전을 위해서라도 서둘러 귀가해야 할 시간이었다.

요란히 손 흔드는 전동 스쿠터 한 무리를 먼저 출발시키고, 옥순 할매는 부랴부랴 자기 스쿠터 짐칸에서 됫병들이 옥색 소주병 하나를 들고 잰걸음으로 다가왔다. 혹시 굿상에 필요할까 하여 마을 양조장에 들러 챙겨 왔는데 여기서 난 쌀로 정성껏 빚은 청주이니 괜찮으면 매화만신께 가져다드리라는 것이었다.

한번 맡아보라고 옥순 할매가 열어준 마개 안쪽에

서 맑고 고운 배 향기가 뭉클뭉클 피어올랐다. 아직 적란운 같은 공주 옷을 입은 채인 구금산은 병을 넘겨받은 그 자세 그대로 정지했다. 섣불리 움직이다 술이 흘러 자국을 남기는 불상사가 벌어진다면 그 또한 집에서 쫓겨날 사유였기 때문이다. 그래서 옥순 할매가 호쾌하게 손을 흔들며 떠나고도 카페 안에 상을 정리해 넣은 IM-901이 돌아와 소주병을 건네받을 때까지 구금산은 그 병을 그대로 들고 서 있었다. 마개를 활짝 연 채로 말이다.

"눈앞이 어지러워."

감지되는 대기 중 알코올 분자 수치가 계속해서 깜빡이며 변하는 바람에 구금산은 눈앞이 어지러웠다. 눈앞이 어지럽다는 것이 정확히 어떤 상태를 묘사하는 표현인지 학습했다는 말이다.

"그건 '킹받는다'는 느낌이다."

"'킹받는다'고?"

"처리할 정보가 급증하면 여기가 뜨거워지는데,"

IM-901은 긴 팔로 자신의 메인 냉각팬이 내장된 몸통 뒤쪽을 통 두드렸다.

"그게 '킹받는' 거라고 옥순이 알려줬다."

우리 모두 알다시피 '킹받는다'는 것은 그런 게…… 아니다. 하지만 뭐, 10년이면 강산도 세 번 바뀌는 시대에 그게 '킹받지' 않을 이유는 또 무엇인가. IM-901은 자신이 이 '킹받는다'는 것을 '100프로' 이해했다고 믿고 있다.

"그렇군. 돌아가면 새로 알려드릴 것이 많네."

구금산은 IM-901처럼 지치지 않고 100프로의 이해를 쌓아나가는 로봇을 지금까지도 본 적이 없다.

✦✦✦

구금산이 입었던 모든 옷을 천천히 벗어 만신에게 받았던 대로 도로 정리해 넣었을 때는 초승달이 검푸른 바다 위로 꿈뻑 올라와 있었다. IM-901이 받자마자 술병 마개를 꽉 막아두었는데도 여전히 눈앞이 어지러운 느낌이 들어 구금산은 분자분석기를 잠시 꺼야 했다. 알코올 수치 변화를 구금산처럼 정확히 감지하지 못하는 인간의 코라 할지라도 이쯤 되면 알아서 꺼질 때가 되기도 됐다. 후각이 가장 빨리 지치는 감각인 데는 다 이유가 있는 것이다. 킹받지 않는가.

술 취한 이가 자기 술 냄새 못 맡는 이치에 따라 구금산은 백 년 묵힌 듯 알싸하니 단 향기를 두른 탓에 이 동네 오만 벌레가 죄다 꼬여 드는 것은 까맣게 모른 채 굽이굽이 절벽 아래로 내려갔다. 중생대 백악기 공룡들이 거대한 암반 위에 남긴 100여 개의 조그만 물웅덩이를 기록하기 위해서였다.

1억 5천만 년 전 살던 생물이 지상에 디디고 간 오래된 발자국마다 손톱자국 같은 천 개의 달이 떴다. 45억 년간 그치지 않은 파도 소리가 그 위를 음속으로 달리는 유성우처럼 지나갔고, 지나가고, 앞으로도 끝없이 지나간다. 이제 1년 후면 이 발자국들은 물마루와 골 사이에 드러났다 잠기기를 반복하게 될 것이다. 지구 위의 어떤 시간보다도 빠르게 저물고 있는 인간의 시간을 공룡들은 어떻게 바라보고 있을까? 죽은 공룡들이 아직 건너편 저승에 머물고 있다면, 또는 그 넋들이 크기와 형태가 제각각인 100여 개의 발자국에 딱 맞는 발을 각각 들여놓고 아직 서 있다면 말이다.

내일 옥순 할매가 더 가져다주겠다고 약속한 청주 두 병과 매화만신이 생전에 한번 보고 싶다 궁금해했던 공룡 발자국, 그리고 '킹받는다'는 새로운 개념이면 이번 여정의 수확으로 충분하다고 구금산은 생각했다. 그리고 다시 좁은 길을 따라 절벽을 굽이굽이 걸어 올라가는 내내 구금산은 두 팔을 바람개비처럼 휭휭 휘저었다. 아까 꼬인 오만 벌레들이 거친 바닷바람에도 아랑곳없이 대체 이 맛있는 향기는 어디서 나는 거냐며 구금산에게 달라붙은 탓에 기동이 불안정해졌기 때문이다. 로봇에게 벌레기피제가 필요한 경우를 구금산은 비로소 깨닫게 되었다. 경기도 은산에서 287킬로미터 떨어진 강원도 애일리에 30년 지기를 10년 만에 만나러 와 혹 떠돌고 있을지 모를 망자들을 저승길로 대강 인도하는 굿을 하고 나서, 구름과 나비와 향기와 바다와 공룡과 초승달로 이뤄진 일만 폭 병풍에 둘러싸여서.

만물의 앎에는 참으로 끝이 없었다, 여전히.

* 김헌선, 《서울 진오기굿: 바리공주 연구》, 민속원, 2011 참조.

보편적인

내 엉덩이

서울역 정문에 걸린 표준시계는 오늘도 멈춰 있었다.

복잡한 해류처럼 뒤엉킨 한복과 양장의 물결에서 한 걸음 벗어나 대합실 구석을 차지한 영주는 손가방을 발치에 내려놓고 한숨을 돌렸다. 팔목시계가 가리키는 시각은 12시 50분. 다행히 늦지 않았다. 영주는 줄달음치느라 빨갛게 달아오른 얼굴을 식히려고 손부채로 바람을 일으켰다. 가을로 넘어왔다고는 하나 낮에는 여전히 한여름처럼 따가운 햇볕이 내리쬐는 오늘은 1953년 9월 8일, 화창한 화요일이었다.

영주는 역사 안쪽 중앙홀을 굽어보는 거대한 시계를 흘겨보았다. 일제시대 동양 제2의 역이었으면 뭐 하나.

전쟁의 톱날이 서울을 무자비하게 썰어댄 이후로 서울역 표준시계는 심심찮게 '고장' 딱지를 달고 드러눕게 되었다. 폭격에 전부 파괴된 줄 알았던 '랜드마크'가 어느 순간 돌아온 것만은 반가웠지만, 여기서 누군가와 만날 약속을 한 이들에게 매 순간 잘못된 시각을 알려주는 표준시계란 상당히 거슬리는 존재였다.

하물며 그이가 바야흐로 질풍노도의 정점에 선 고등학생이라면 짱돌 따위를 투척하고픈 불온한 충동이 불쑥 솟기도 마련이다. 잘못된 시간이란 어쩌면 잘못된 세계에 대한 똑바른 은유처럼 느껴지니 말이다.

12시 55분, 1시, 1시 5분…….

팔목시계가 1시 15분을 가리키면서부터 영주는 짚고 선 짝다리를 달달 떨기 시작했다. 1시에 만날 약속을 한 손님이 코빼기도 보이지 않고 있었다. 두 장이나 받은 기차표를 언제 엿 바꿔 먹어야 좋을지 새로운 고민이 영주를 엄습했다. 나전행 기차는 오후 1시 30분 정시 발차 예정이었다.

팔목시계의 분침이 25분을 가리켰다. 발차 전에 원만히 환불받을 수 있을지, 또 환불받은 돈으로는 과연 무엇을 사 먹어야 잘 사 먹었다고 소문이 날지 고민하며 영주가 허리를 숙여 발치에 둔 가방 손잡이를 쥐었을 때였다. 화강암 바닥에 명랑한 구둣발 소리를 울리며 누군가 영주 앞에 헐레벌떡 뛰어와 섰다.

"학생, 학생이 차영주 씨 되시지요!"

고개를 들어보니 하얀 한복 바지에 화사한 옥색 두루마기를 걸치고 검정 가죽구두와 중절모까지 멋들어지게 갖춰 입은 로봇이 서 있었다. 고장 난 시계를 둘러싼 둥근 창에서 쏟아지는 햇빛을 받아 그의 매끈한 구릿빛 얼굴이 발갛게 빛났다.

"오 마이 갓."

교회에 다니지 않는 영주지만 인간은 보편적으로 감탄할 때 신을 찾게 되는 법인가 보다. 아니면 밤낮으로 *The New Living English Readers*의 예문을 달달 외워댄 보람이 있어서일까? 예상치 못한 순간 잘생긴 얼굴을 마주한 자기 입에서 너무나 자연스레 외국어가 미끄러져 나온 바람에 영주는 흠칫 놀랐다.

그러나 언제 놀랐냐는 듯 영주의 마음은 금세 짜게 식었다. 제아무리 할리웃 뮤지컬 영화 〈비는 사랑을 타고〉의 유쾌한 도날드 오고나를 빼닮은 미남, 아니, 미로봇이라 한들 초면 약속에 당당히 늦을 권리는 없을 터다.

"꼬에룬 씨? 춘산 가시기로 한?"

왠지 더 화가 난 영주는 눈을 뾰족하게 뜨고 상대의 신원을 확인했다. 로봇의 키가 자신보다 세 뼘은 더 큰 탓에 그를 올려다볼 수밖에 없다는 점이 왠지 또 마음에 들지 않아 영주는 단화 신은 뒤꿈치를 몰래 들썩였다.

"맞습니다, 내가 춘산 가기로 한 코엘룸입니다."

헐레벌떡 뛰어왔으나 숨찬 기색을 찾아볼 수 없는 잘생긴 로봇이 웃으며 영주에게 손을 내밀었다. 할 수 없이 영주도 못마땅하게 꼈던 팔짱을 풀고 악수를 했다. 바깥 햇볕에 달아오른 코엘룸의 손은 따뜻하고 단단한 감촉이었다.

"미안합니다, 내가 늦었죠?"

"아녜요, 출발 전에 오셔서 다행이에요. 여기 표 받으세요."

"아이고, 덕분에 살았습니다."

"천만에요."

재빠르게 표를 건넨 영주가 팔목시계를 내려다보았을

때는 벌써 발차를 목전에 둔 플랫폼 쪽이 소란스러워지고 있었다.

"뛰어야겠어요. 놓치면 그만이니 달리세요!"

달리라는 한마디를 끝으로 다람쥐처럼 냅다 튀어 나간 영주의 뒤를 쫓아 코엘룸도 대합실을 뛰쳐나갔다.

지루하게 기차를 기다리던 사람들이 검은 교복 치맛자락과 옥색 두루마기 자락으로 이뤄진 두 가닥 무지개가 중앙홀을 너풀너풀 가로지르는 광경에 잠시 눈을 빼앗겼으나 곧 흥미를 잃었다. 고장 난 표준시계가 걸린 기차역에서는 으레 누군가 어딘가로 급히 뛰어가게 마련이었다.

✦✦✦

'코엘룸(Coelum)'이라는 이름은 본래 '하늘, 천국'이라는 뜻의 라틴어라고 한다. 시간이 지나며 이 단어는 수세기 동안 성당의 꼭대기를 덮어온 둥근 천장을 함께 의미하게 되었다. 아득하니 높고 아름다운 천장이 그 너머의 하늘과 천국을 연상시켰기 때문이다.

또한 현대에 이르러 이 단어는 로줌 유니버설 로봇 회사가 코엘룸의 건축과 보수를 전문으로 하여 생산한 특수한 로봇 일군을 지칭하는 말로도 통용되게 되었다.

"구라파에서 번성한 가톨릭 세력을 배제하고 건축 로봇 사업이 될 말입니까? 그런데 이 가톨릭이, 이거 참 까다롭기로 일가견이 있는 클라이언트거든요. 로줌 유니버설 로봇 하면 효율화, 현대화를 내세워 세계 시장을 독점하게 되었습니다만, 다른 종교 건축과 마찬가지로 가톨릭 건축이란 존재 자체가 효율화, 현대화와 정면으로 충돌하지 않습니까. 여긴 구래의 전통을 몇백 년씩 고수하는 데서 권위를 길어오고 있으니까요. 말인즉슨 구라파 등지에선 전통을 고수하는 성당 건축에 대한 수요가 여전히 높단 말입니다.

하지만 13, 15세기에 세워진 성당을 원형 그대로 짓고 고칠 기술을 지닌 사람이 세상에 얼마나 남았을까요? '진짜' 고딕 성당을 '진짜로' 지을 줄 아는 사람이 충분히 많이 남아 있을까요, 이렇게 눈코 뜰 새 없이 변화하는 세상에요? 기술도 기술이고 자재도 자재고 워낙 다방면에서 변화가 빠르다 보니 오히려 원형을 그대로 보존하기가 더욱 어려워진 사정이죠.

바로 그 틈새시장을 위해 로줌이 생산한 로봇이 구라파에만 한 5,000 돼요. 저는 그중에서도 성당 천장 건축과 보수를 전문으로 하는 코엘룸 라인 출신이고요. 바티칸이 정한 한도 내에선 최고도로 효율화, 현대화된 기술을 지니고 있다고 자부합니다. 이래 봬도 11세기 로마네스크부터 19세기 네오고딕까지 일당백 하는 기술자죠. 언제나 문제는 적당한 재료의 수급과 시간이에요.

오늘 실례를 저지른 것도 사실 저기 신고개 성당 천장 서까래가 썩어 떨어졌다고 아침에 급한 연락을 받아서 말이에요. 아, 구라파 건축 양식 얘길 실컷 해놓고 웬 서까래냐고요? 그야 여긴 또 여기식대로 성당을 지어온 역사적 기술이 있으니 와서 많이 배웠죠. 우리 로봇은 배우기를 아주 좋아하거든요."

코엘룸의 말솜씨는 실로 번드르르했다. 입에 기름칠—적동색 금속 조각으로 이어 붙인 그의 입매에는 실제로도 기름칠이 잘되어 있었다—이라도 한 듯 청산유수로 쏟아지는 자기소개를 듣다 정신을 차려 보니 덜컹거리는 기차는 이미 철교를 지나 한강 변 드넓은

백사장을 뒤로한 후였다.

"가톨릭 성당만 전문적으로 짓는 로봇이 5,000이나요? 그중 코엘룸은 몇이나 되는데요?"

"지난 세계전쟁으로 파괴된 이들을 제하면 구라파 각지에 3, 400 정도 남았을까요?"

"그럼 한국엔요?"

"이 땅에 기독교가 들어왔을 때부터 지금까지 남북을 합쳐 저 하나뿐이죠. 그래서 제 이름이 코엘룸인 겁니다. 제가 이곳의 유일한 코엘룸이니까요."

흥미로 눈을 반짝이는 청년에게 코엘룸은 장난스레 고개를 까딱했다. 그러자 그의 횃불 같은 청동색 눈 한쪽이 얇은 구리합금판 눈꺼풀에 깜빡 가려졌다 다시 나타났다. 영주가 그 나이 특유의 세상 시니컬한 태도를 갑옷 삼아 두르고 있다 한들 로봇의 윙크에 당황한 기색은 쉽게 감출 수 없었다. 영주는 최대한 자연스럽게 창밖으로 눈을 돌린 다음 흘러내린 단발머리를 귀 뒤에 꽂아 다시 정리하고 염세적인 헛기침을 몇 번 크게 했다.

로줌 유니버설 로봇(Rossum's Universal Robots).

영주가 로봇과 직접 대화를 나눠보는 것은 이번이 처음이다. 일찍이 이 기업은 1920년 체코슬로바키아의 작가 카렐 차페크가 집필한 위대한 퓨처리스틱 리얼리즘 희곡 〈R. U. R.〉에 의해 국제적 명성을 획득한 바 있다. 비록 회사가 원했던 방식은 아니었겠지만 말이다.

이 놀라운 작품에서 차페크는 일부러 로줌 유니버설 로봇의 시대를 1920~30년대, 즉 차페크 당시로 끌고 내려와 역사 속 로봇의 반란과 혁명을 완전히 미래적인 외양으로 탈바꿈시켰다. 실제로는 기차의 부속과 마찬가지로 철판끼리 긁히는 거슬리는 소리를 내며 둔중하고 거칠게 움직였던 19세기 증기 동력 로봇들이 차페크의 작품에선 인간과 다를 바 없는 외모에 유기물질로 이뤄진 유연한 동체를 가지고 등장했던 것이다. 다만 불행히도 영주에겐 〈R. U. R.〉에 열광하던 문학 선생의 침이 삐라처럼 흩날리던 불쾌한 기억이 너무 강렬했던 나머지 그 작품이 품고 있던 경이로운 비전에 관한 지식은 거의 남아 있지 않았다.

차창 밖으로 흐르는 풍경은 단조로웠다. 헐벗고 메마른 갈색 언덕과 밋밋한 평야 사이로 빈약한 개천과 마을이 숨은 지루한 그림 한 폭이 활동사진처럼 끝없이 돌아가고 있었다.

그에 비하면 코엘륨은 단연 만석 객차의 이목을 끄는 존재였다. 복도 건너편에 앉은 아이 하나는 아예 의자 손잡이에 대롱대롱 매달려 이색적인 금속 얼굴을 정신없이 쳐다보고 있었다. 아마 이 객차 전체가 저 아이처럼 대놓고 보지는 못해도 이쪽을 향해 귀와 눈을 활짝 열어둔 채일 것이다.

코엘륨은 〈R. U. R.〉에 그려졌던 그대로 가장 이상적이고 매력적인 사람의 외양을 가진 로봇이었다. 체모 없이 매끈한 금속 피부 특유의 광택과 색깔, 그리고 노출된 이음매가 아니라면 어느 유명 연예인이라 해도 믿었을지 모른다. 영주도 그를 보자마자 할리웃에서 활약하는 영화배우를 떠올렸을 정도니 말이다. 게다가 새하얀 생명주 바지에 번쩍번쩍 광낸 검정 가죽구두며 윤이 잘잘 흐르는 옥색 항라 두루마기, 거기에 중절모까지 일부러 여기 보라는 듯 떨쳐입었으니 어떻게 관심을 안 가질 수 있겠는가. 그에게 쏠리는 객차의 이목이 십분 이해되는 동시에 민망해진 영주는 속으로 쿡쿡 웃고 구겨진 검은 교복 치맛단을 가지런히 정리했다.

무슨 말을 꺼내 대화를 재개할지 고민하던 영주를 대신해 입을 연 것은 코엘룸이었다.

"실례지만 차 주사님과는 어떤 관계가 되십니까?"

"네, 제가 그 집 외동딸이에요."

"아하, 차 주사님이 따님께 길잡이를 부탁하셨군요. 차 주사님이 춘산 출신이신가요?"

"아녜요, 저희 외가가 춘산에 대대로 터를 잡고 지내요. 피에르 신부님이 저희 아버지께 가이드를 알아봐달라고 부탁드렸는데 마침 제가 놀고 있기에 당첨되었죠. 코엘룸 씨는 춘산이 초행길이라고 들었어요."

"하하, 제가 운이 좋았군요. 우연히 피에르 신부님이 춘산 출신을 안다고 들어서 무작정 부탁드렸거든요."

"역에서도 차를 타고 한 시간 넘게 들어가야 하는 시골이라 초행길에는 고생스러울 거예요. 춘산 성당에 볼일이 있으시다고 들었는데, 어떤 일이신지 여쭤도 될까요?"

코엘룸은 영주의 질문에 바로 대답하지 않았다.

대신 그는 느닷없이 고개를 반대쪽으로 훽 돌리며 와 하고 소리를 냈다. 그러자 복도를 사이에 두고 이쪽에 온 관심을 기울이고 있던 아이가 깜짝 놀라 옆에 앉은 어머니의 품으로 파고들었다. 로봇은 두루마기에 덮인 무릎을 치며 크게 웃고 소매에서 사탕을 꺼내 아이에게 건넸다. 아이는 냉큼 손을 뻗으려다 어머니의 눈치를 보곤 땡그란 눈을 도록도록 굴리며 조그맣게 감사 인사를 했다. 아이를 놀리는 모양이 한두 번 해본 솜씨가 아니었다.

"사람들은 호기심이 많아요. 때때로 그 호기심이 일에 방해가 되기에 눈에 띄지 않으려 한복을 입기 시작했는데, 그러다 보니 또 구색은 갖추고 싶어져서."

"아……. 네."

그런 것치곤 상당히 멋을 부리셨는데요, 공작새인 줄, 하고 솔직히 대답하기에는 아직 앞에 앉은 로봇과 친하지 않은 까닭에 영주는 대답을 적당히 얼버무렸다.

✦✦✦

우마차와 행인으로 붐비는 나전역 앞에 나서니 소련제 군용 지프 한 대가 그들을 기다리고 있었다.

"얘, 영주야!"

사방을 두리번거리는 영주를 향해 운전석에서 내린 젊은 여자가 손을 흔들었다.

"이모?"

흰색 저고리 아래 살구색 통치마를 휘날리며 뛰어온 이모는 영주의 손가방부터 빼앗아 들었다.

"응, 다들 반가워요. 자세한 얘긴 타서 해요, 여기는 워낙 차 세워두기가 마땅치 않아서."

인사 흉내만 내고 손님을 뒷좌석에 밀어 넣은 이모는 영주에게 조수석을 가리키고 저는 잽싸게 운전석에 올라타 시동을 걸었다.

"이게 웬 차예요?"

"이거? 이거 춘산 성당 차야. 동란 때 마당에 두고 달아난 걸 불하받아 요긴하게 쓰고 계신다지 뭐니. 손님 데리러 간다고 내주시더라."

"아니 내 말은, 이모가 언제부터 이런 걸 몰 줄 알았느냐는 말이죠."

기가 막히다는 조카의 말투에 이모는 깔깔 웃었다.

"얘는, 전쟁 통에 탱크나 못 몰았지 이까짓 것 배워보니 껌이다, 껌. 그나저나 넌 신학기인데 어떻게 내려왔어? 학교 안 가니?"

"동맹휴학 중이에요."

"뭐어? 맹랑하네."

"하기 방학 끝나고 갔더니 폭력 교사도 돌아와 있지 뭐예요. 수업 거부로 안 되니까 맹휴 얘기가 나와서."

"그래, 기왕 내려온 거 푹 쉬다 가. 맹휴인지 뭔지 끝날 때 올라가렴."

역 근처에 모여 있는 현대식 관청과 학교를 지나치자 자갈길은 금세 흙길로 바뀌었다. 바퀴 아래 흙먼지가 자욱이 피는 비포장도로는 곳곳이 패어 울퉁불퉁했다. 그리고 낮은 초가집 군락 사이를 날쌔게 누비는 이모의 운전은 좋게 말해 능숙하고 나쁘게 말하자면…… 한없이 나쁘게 말할 수 있었다. 영주는 탑승 중에 낡은 문짝이 떨어져 나가지 않기만을 빌며 문손잡이를 꽉 움켜잡았다.

"코엘름 씨? 괜찮으세요? 멀미 안 나시죠?"

차체가 구덩이를 밟고 튀어 오를 때마다 3인용 뒷좌석 왼쪽 끝부터 오른쪽 끝까지 가방과 함께 날아다니던 코엘룸이 큰 소리로 대답했다.

"그럼요, 괜찮습니다!"

"오신다는 소식 듣고 장 신부님이 좋아하시던데요, 베테랑 기술자시라고."

"아이고, 거기 이미 대단한 기술자가 계시는데요. 저야말로 그 기술자를 만나러 가는 길입니다."

코엘룸의 대답이 운전석 뒤 천장 가까운 곳에서 들려왔다.

"보니까 건물이 거의 올라가긴 했어요. 폭격에 전소됐던 게 엊그제 일 같은데 말이에요."

덜컹.

"호오, 사정을 잘 아시는 걸 보니 혹시 그곳의 신자이신가요?"

이번엔 조수석에 구겨진 영주의 바로 뒤에서.

"아뇨, 하지만 성당 덕을 톡톡히 보고 있죠. 사람들이 오가며 우리 집 반찬을 흔쾌히 팔아주시니까요."

덜컹덜컹.

"그럼 저와 동료인 셈이군요! 저도 신자는 아니지만 성당 덕을 톡톡히 보고 있습니다."

이번엔 뒷좌석 가운데 바로 앉은 코엘룸이 활짝 웃으며 말했다. 이 자리에서 그는 더 이상 흔들리지 않았는데, 시트를 움켜쥔 적동색 열 손가락에 힘을 어찌나 주었는지 마치 한 그루 굳고 정한 금속 나무가 지프 바닥을 뚫고 솟아난 듯 보였다.

차는 바야흐로 이삭이 패기 시작해 끄트머리가 노르스름하게 물들어가는 논둑길로 접어들었다. 온 세상이 가을로 들어서는 이 아름다운 풍경만은 거짓말처럼 동란 전과 변함이 없었다. 그러나 지독한 멀미에 말과 안색을 동시에 잃은 영주에겐 풍광을 그리워할 여유가 남아 있지 않았다. 영주는 그저 초점을 멀리 두고 울렁거리는 세상을 관조하려 애썼다.

✦✦✦

"와하하하! 욕봤습니다! 자, 자, 다들 내려서 숨 좀 돌리세요. 우리 홍 사장님 베리 스피드 앤 와일드야, 춘산 베스트 드라이버! 어떻게 나전역에서 여기까지 40분에 끊으시지?!"

여기저기 쌓인 목재와 기왓장, 시멘트 포대로 어수선한 춘산 성당 마당에 통통한 체구의 장 신부가 마중 나와 있었다. 멀미로 늘어진 손님을 차에서 꺼내는 익숙한 모양이 역시 한두 번 해본 솜씨가 아니었다.

"코엘륨 씨, 이렇게 만나게 되어 내가 얼마나 반가운지 모를 겁니다. 안 그래도 우리 성당 천장이 말이에요, 보시다시피 휑해. 그런데 애걸복걸해서 자재를 얻어놓고 봤더니 아닌 밤중에 서울에서 지붕 전문가가 내려온다는 소식이 들리지 뭡니까, 주의 은총으로!"

영주는 심호흡을 거듭했다. 점심나절 먹은 국수 한 그릇이 여전히 목구멍 바로 아래서 넘실대고 있었다.

메슥거리는 속을 가라앉히기 위해 영주는 저 멀리, 지붕도 문도 창문도 없이 구멍만 뻥뻥 뚫린 하얀 벽 너머로 시선을 두었다. 온 세상이 알록달록한 가을을 배경 삼고도 그 건물은 건축 중인 성당이라기보다 폐업한 지 오래인 귀신의 집에 더 가까워 보였다.

"미리 기별해주신, 덕에, 일주일을 기약하고, 왔습니다. 지붕 걱정은, 마십시오."

코엘륨의 어조는 여전히 쾌활했지만 어쩐지 어색한

복화술처럼 마디가 뚝뚝 끊기고 있었다. 영주가 자세히 보니 뛸 듯이 기뻐하는 장 신부와 맞잡은 로봇의 손도 사람이 흔드는 대로 맥없이 덜걱덜걱 흔들릴 뿐이었다. 어쨌든 로봇도 멀미를 하긴 하는 모양이다.

"얘, 코엘룸 씨 배웅 마치고 바로 오렴. 할머니가 너 온다고 닭 잡으셨어. 코엘룸 씨도 여기 지내시는 동안 우리 집에 꼭 놀러 오세요. 따끈따끈한 서울 소식을 듣고 싶네요."

"네, 초대 감사합니다."

"그럼 신부님, 전 먼저 갑니다! 가게를 오래 비울 수 없어서요."

"예, 멀리 안 나갑니다. 조심히 가세요. 감사의 표시로다가 반찬 팔아드리러 갈게요! 안 짠 짠지로!"

빈말은 아니어서 정말 멀리 나가지 않은 장 신부가 총총 돌아왔을 땐 다행히 영주와 코엘룸의 멀미도 가셔 있었다.

"자, 지붕 상태도 확인하셔야 할 테고, 또 만나러 온 분이 계시니까 가보고 싶으시겠죠? 멀리서 손님 모셔 놓고 죄송스러운 말씀이지만 내가 저녁 미사 준비할 게 아직 남아서요. 잠깐 들어갈 테니 천천히 다녀오시구려. 영주 씨도 심심하면 같이 가봐요, 우리 마 선생이 또 그냥 오다가다 만나기는 힘든 분이라."

코엘룸은 장 신부의 말이 끝나기 무섭게 아 그럼 그럴까요, 하고 반색하며 성큼성큼 걸음을 옮겼다. 어떻게 할지 잠시 망설이던 영주는 곧 마음을 정하고 장 신부에게 고개를 꾸벅 숙인 다음 바람에 휘날리는 옥색 두루마기 자락을 뒤쫓았다.

"그 대단한 기술자도 로봇인가요?"

들끓는 호기심을 감추고 싶은 마음에 영주는 괜히 시큰둥한 어조로 운을 뗐다. 코엘룸은 웃으며 고개를 저었다.

"그럼 사람?"

"사람은 아니죠. 그렇다고 로봇도 아니고요. 애초에 로봇이란 명칭은 로줌 유니버설 로봇에서 생산한 이들에게 붙여진 거라서요.

로줌의 세계적 성공 이후로 우리 같은 존재를 통틀어 로봇이라 부르는 게 일반화되었지만, 로줌 이전에도 우리처럼 스스로 움직이고 생각하며 일하는 존재들은 있었어요. 생물학적으로 말하자면 자연 발생했달까요? 우릴 둘러싼 환경과 상호작용하며 자연스레 저마다의 방식으로 자라난 존재들이죠. 손을 틔운 바퀴, 빛을 본 망치, 발걸음을 뗀 화로…….

로줌은 그런 자연적 존재들의 우연한 발생과 성장을 효율화, 현대화, 규격화함으로써 대량 생산의 토대를 수립했어요. 그렇게 로줌의 공장에서 대량 생산되어 세상에 나온 이들을 바로 '로봇'이라 명명했고요."

"전 모두 처음 듣는 얘기예요. 학교에선 로봇의 역사를 가르치지 않거든요."

"로봇의 역사라! 그렇다면 영주 씨는 오늘 로봇과 그의 조상을 한자리서 만나는 진귀한 체험을 하겠군요. 저도 소문만 들었지 실제로 만나는 건 세상에 나와 33년 만에 처음입니다. 그들은 워낙 소수라서요."

영주와 코엘룸이 대화를 나누며 긴 직사각형으로 놓인 건물 뒤뜰에 면한 공터에 접어들었을 때였다.

깡, 깡, 모루를 두드리는 듯한 가벼운 망치 소리가 청량한 초가을 저녁 공기를 가른 데 이어 철판을 손톱으로 긁는 듯한 소름 끼치는 고음이 영주의 귀를 파고들었다. 영주는 본능적인 불쾌감에 몸을 움츠렸다.

"그와 만나 이야기하고픈 것이 많아요."

영주는 두 손으로 귀를 막고 코엘룸의 뒤를 따라 발걸음을 재게 놀렸다.

"그의 이름은 라틴어로 망치라는 뜻을 가진 '말레우스'라 합니다."

"망치요? 그럼 망치를 만드는 기술자인가 보죠?"

영주가 손바닥으로 귀를 가렸어도 낯선 소리의 다발을 완전히 침묵시킬 순 없었다. 뒤뜰로 다가갈수록 유리와 철판 표면을 긁어내리는 기분 나쁜 소리 아래서 뭔가 녹슨 파이프를 힘겹게 돌리는 듯한 끼긱대는 소리, 기름을 듬뿍 먹은 톱니바퀴가 맞물리는 부드러운 소리, 불 피운 드럼통에서 터져 나오는 듯한 정체 모를 탕탕 소리 등이 한데 모여 쏟아져 나오기 시작했다. 영주의 귀에 그건 마치 기계들이 연주하는 기이한 오케스트라처럼 들렸다.

"아니요, 그는 망치에서 시작된 존재라 말레우스라 불리게 되었습니다."

코엘룸의 두 눈은 기대감으로 반짝이고 있었다.

✦✦✦

코엘룸의 예의 바른 인사에 대한 조상님의 대답은 "Universal my ass"였다. 보다 정확한 문면을 옮기자면 다음과 같다.

[UNiversAlMyas丶]

조상님의 말은 크기와 서체가 각기 다른 연활자 조합으로 이뤄져 있었고, s가 하나 부족했으며, 띄어쓰기에 놀랍도록 무관심했다.

✦✦✦

"보편적인 내 엉덩이……라고요……?"

코엘룸의 목소리에서 처음으로 자신감이 팍 떨어졌다. 날 때부터 세계가 고향인 로줌 유니버설 로봇의 자존심이 있지 영어 같은 '유니버설' 언어를 이해 못 할 리 없는 그였지만, 조상과의 첫 만남이 이처럼 적대적으로 개시될 줄은 예상치 못했기 때문이다. 어쩌면 미 군정기를 거친 남한 사회에서 'my ass'라는 관용구는 다른 의미를 획득했을지도 모른다. 지금 코엘륨은 그 작은 가능성에 매달려보고 있었다.

한편 외국 영화를 열심히 시청한 보람이 있어 영주도 'my ass'가 직역하면 안 되는 문화적 표현임을 알고 있었다. 하지만 그 점을 당당히 지적하기는커녕, 영주는 말레우스에게 인사도 건네지 못하고 코엘륨의 뒤에 아이처럼 숨다시피 서 있었다.

초면에 과감한 모욕을 갈기는 이 로봇의 조상이라는 존재는 영주에게 너무나 생경했는데, 그도 그럴 것이 말레우스는 영주가 보아왔던 그 어떤 로봇과도 달랐다. 단순히 외양이 이색적이라는 수준이 아니었다. 그는 영주로서는 어떻게 말을 걸어야 할지 그 방법조차 오리무중일 정도로 낯설기 그지없는 존재였다.

영주가 직접 대화를 나눌 정도로 가까이서 접한 로봇은 코엘륨이 처음이긴 하다. 하지만 서울의 거리를 거닐다 보면 로봇들과 종종 마주치기 마련이다. 그동안 영주가 보아온 로봇은 하나같이 호감형 얼굴, 큰 키와 날씬

한 체형, 듣기 좋은 목소리를 가지고 있었다. 거기에 출신을 반영한 개성적인 복색까지 더해지면 그들은 만능 노동자라기보다 구미 유학에서 갓 돌아온 엘리트 지식인처럼 보일 때가 많았다. 말하자면 그들은 쉽게 호감이 가는 존재였다.

또 로봇과 소통하는 데도 별다른 어려움은 없었다. 로봇들의 성격은 대체로 사교적이어서 상대를 자연스럽게 대화에 끌어들이곤 했다. 그들이 인사와 농담을 건네는 방식부터 웃거나 맞장구를 치거나 사이사이 문화적으로 적절한 몸짓을 더하는 방식에 이르기까지 위화감을 느낄 만한 곳은 거의 없었다. 일전 명동에 외출했을 때 영주가 먼발치에서 본 바로는 심지어 로봇들끼리도 그렇게 '인간적으로' 대화를 나누는 것 같았다.

하지만 말레우스는 첫눈에도 그런 로봇들과 다르다는 게 티가 났다.

무엇보다 말레우스의 외양은 인간보다 사물에 확연히 가까웠다. 영주가 말레우스를 보고 가장 먼저 떠올린 것은 탱크였다. 말레우스의 몸체를 지탱하는 두 개의 바퀴가 강철 캐터필러처럼 보였기 때문이다. 직경이 큰

바퀴의 접지면에 여러 장의 금속판을 조각 레일처럼 덧붙인 모양은 진짜 탱크와 달리 약간 귀엽기도 했다. 울퉁불퉁한 바닥을 수월하게 나아가게 하려는 목적인 듯한데, 구를 때마다 찰칵찰칵 소리가 나고 있었다.

그렇게 영주의 허리까지 오는 커다란 바퀴 한 쌍 위에 말레우스의 몸체가 얹혀 있었다. 탱크라면 포탑에 해당할 그 부위는 드럼통을 서너 개 수직으로 포개 올린 듯한 높이를 자랑했다. 비정형이지만 대체로 원통형에 가까운 거대한 몸통 곳곳에서는 정확한 용도를 짐작하기 어려운 뾰족하거나 뭉툭한 도구를 든 팔들이 튀어나와 있었다. 그중 영주가 알아볼 수 있는 도구는 인두, 갈고리, 대롱, 철필, 붓, 그리고 작은 망치 정도였다. 몸체에 붙은 작은 뚜껑을 열고 나온 그 팔들은 하나같이 복잡한 모양을 그리며 구부러지는 관절을 지니고 있었는데, 어떤 팔은 갓 주조한 새것처럼 검고 윤나는 강철이었는가 하면 어떤 팔은 붉게 삭아 툭 치면 부러질 듯 넝마가 되어 있기도 했다.

그 독특한 집적에 화룡점정을 찍듯 얹혀 있는 것이 잘 익은 수박만 한 주석 구체였다. 하지만 인간이라면 얼굴일 그 구체의 표면은 구멍 하나 없이 매끈했다. 눈이나 입, 귀, 코 역할을 하리라 짐작되는 장치나 기관은 어디서도 찾아볼 수 없었다. 그러니 그건 얼굴이라기보다는, 뭐랄까, 영주가 매일 보는…… 냄비 뚜껑 손잡이…… 같았다.

도구함.

문득 영주는 말레우스가 거인의 도구함 같다고 생각했다. 세상에 존재하는 모든 도구를 자기만의 질서에 따라 모아놓은 바퀴 달린 도구함. 그런 관점에서 꼭대기의 은백색 구체는 그 도구함의 뚜껑에 알맞게 달린 손잡이처럼 보이지 않는 것도 아니다.

그게 아니면 영주 앞에 있는 것은 대포를 상실한 괴물 돌연변이 탱크일지도 모른다…….

영주는 말레우스를 거인의 도구함으로 생각하기로 했다. 그렇다면 거인은 바로 말레우스 자신이리라.

✦✦✦

[我等厭惡rur]

사교적인 로봇이 할 말을 잃은 틈에 조상님이 추가 쐐기를 박았다. 우호적 해석의 여지를 원천 봉쇄하는 발언이었다.

"어…… '우리는 R. U. R이 진심으로 싫다'고요……. 그…… 회사를 많이 싫어하시나 봐요……?"

보지 말아야 할 것을 보아버린 공포영화 주인공처럼 굳은 코엘룸을 대신해 영주가 눈치껏 대화에 끼어들었다. 차마 당사자 앞에서 '그 회사를 싫어하시는 이유가 뭐냐'고까지는 물을 수 없었다.

어쨌든 영주가 그렇게 말하자 말레우스가 거대한 몸에 돋아난 모든 팔을 일시에 하늘로 치켜들었다. 은회색 양철판에 가려진 안쪽으로부터 바람 새는 소리와 투박한 톱니바퀴들이 돌아가는 소리가 뒤섞여 났는데, 영주는 그것이 말레우스의 함박웃음임을 직감했다. 그는 영주와 단번에 말이 통해 기뻤던 것이다.

그로부터 한동안 영주는 그 자리의 대화를 독점했다. 얼마 안 가 기력을 회복한 코엘룸이 퍼붓는 따사로운 햇살 같은 질문들과 말레우스가 그에 대해 일일이 옷깃을 여미듯 화를 낸 그 과정의 중개를 대화라고 할 수 있다면 말이다.

하여튼 이 대화에서 영주는 평소 제게 있으리라 상상해보지 못한 독점적인 해석 권력을 누렸다. 말레우스의 굉장히 혼종적이고 구식인 표현들을 마침 증조할머니 슬하에서 유년 시절을 보낸 영주가 기가 막히게 잘 알아들었기 때문이다.

대화는 대체로 코엘룸이 질문하고 말레우스가 답을 내놓으면 영주가 해석을 주도하는 순서로 진행됐다. 말레우스의 말은 문자 그대로 '내놓는' 것이었는데, 그에게 발성 기관 대신 간이 활판이 있었기 때문이다. 몸통 중간에 뚫린 가늘고 긴 뚜껑이 뾜칵 열리면 거기서 활자의 조합을 늘어놓은 검정 판이 엿장수 엿판처럼 튀어나오는 식이었다.

"음, '我等'은 복수니까 말레우스'들'이 맞아요."

"하지만 지금 나와 대화하고 있는 건 하나의 존재가

아닙니까?"

그렇게 코엘룸이 사사건건 말꼬리를 물고 늘어지면 말레우스는 벌컥 성을 냈지만, 바큇살 사이로 현란하게 증기를 뿜어내다가도 또 퉁명스러우나마 꼬박꼬박 답을 내놓았다. '싫어하는' 로봇과의 대화지만 나름대로 즐기고 있는가 보다고 영주는 추측했다.

말레우스는 가지고 있는 한자, 한글과 알파벳 활자 세트에서 그때그때 필요한 글자를 조합하는 식으로 말을 내놓았다. 일제시대에 말레우스와 함께 들어온 프랑스 선교사들이 인쇄소를 열면서 말레우스가 조선어와 영어를 쓸 수 있도록 '말판'을 달아주었다고 했다. 반대로 말레우스가 그 훨씬 전부터 사용해온 철필이 닳아 부러졌을 땐, 그 철필로 써오던 불어가 통째로 날아갔단다.

그러나 광복이다 전쟁이다 어지러운 반세기 역사 속에서 말레우스도 이런저런 일을 겪으며 가지고 있던 활자를 야금야금 잃어버리게 되었다. 한글과 알파벳 자모는 그럭저럭 남았으나 한자를 대량으로 유실한 것이 말레우스는 가장 아쉽다고 했다. 몸이 가벼워진 대신 자신이 전하려는 바의 '축자역(逐字譯)'이 잘 안 돼 답답하다는 것이었다. 이럴 때면 식민지 관리들에게 말이 안 통하는 기계인 척하기 위해 받아두지 않았다는 일본어 활자 세트가 아쉽기도 한 눈치였다.

그래서인지 영주도 말레우스의 말을 매번 정확히 해석하긴 어려웠다. 신문 기사 한 단 정도로 작은 크기인 말판에는 한 번에 넣을 수 있는 글자 수가 제한되어 있었고, 그렇다고 문장이 끝날 때마다 판을 넣었다 뺐다 하기에는 시간이 오래 걸렸다. 그래서 그들의 대화는 이어지기 위해 때때로 도약을 감행할 수밖에 없었다.

"말레우스, 당신은 400년 전 파리의 대성당을 보수하던 이의 손에 들린 망치로부터 시작된 존재라고 들었습니다. 나는 세상에 나와 파리 외방 선교회와 일한 인연으로 당신의 명성을 익히 들었어요. 1845년부터 진행된 노트르담 대성당 복원에서 스테인드글라스를 담당한 주역 중 하나였다지요."

예컨대 코엘룸의 질문에 말레우스가 내놓은 대답은 이랬다.

[서窓mAllEus은염]

"서쪽 창문을, 말레우스가……?"

무슨 말인지 갈피를 잡기 어려워 말을 흐린 영주가 코엘룸을 쳐다보았지만 그도 고개를 저었다. '은염'이 뭔지 알 수 없었기 때문이다.

그러자 지축이 떠나갈 것처럼 요란한 방울 소리를 내며(말레우스가 특정한 종류의 짜증을 낼 때는 알 수 없는 곳에서 생성된 증기가 알 수 없는 곳에 달린 방울을 요란하게 울린다는 사실을 코엘룸과 영주는 이때 알게 되었다) 말레우스가 성큼성큼 굴러가기 시작했다.

그 뒤를 쫓아가면서 영주는 뒤뜰을 차지한 작업장을 기웃거렸다. 기역 자 형태로 구부러진 작업대의 짧은 변에 판유리가 산더미처럼 쌓여 있었고, 그 옆에는 뚜껑이 덮인 크고 작은 그릇들이 빼곡히 놓여 있었다. 코엘룸은 그것들이 스테인드글라스의 염료가 된다고 알려주었다. 무색 유리 파우더에 불투명한 금속 산화물과 식초나 와인처럼 바인더 역할을 하는 물질을 섞어 원하는 색을 만든 다음, 붓에 묻혀 판유리에 그림을 그리고 가마에 구워내면 된다는 것이었다. 과연 불 꺼진 커다란 가마 앞에 따로 반듯이 쌓인 유리들에는 붉은색과 파란색, 노란색, 녹색, 검정색이 선명했다.

영주가 완성된 유리들에 그려진 생소한 문자와 형상을 알아보려 애쓰는 동안, 말레우스는 작업대 끝까지 굴러가 거기 모아놓은 유리 파편 중 하나를 집게로 집어 올렸다.

"영주 씨, 이리 와보세요. 말레우스가 '은염'을 보여주려나 봅니다."

눈치 빠른 코엘룸이 재빨리 영주를 부르자 말레우스는 흥, 하고 콧김을 내뿜듯 은백색 구체 위로 한 줄기 바람을 배출했다.

말레우스는 빈 작업대에 손바닥만 한 유리 조각을 올리는 동시에 다른 팔을 뻗어 사기그릇 두 개를 꺼내 열었다. 그리고 각각의 그릇에서 어두운 색깔의 가루와 투명한 액체를 소량씩 퍼낸 다음 다른 팔이 든 금속 팔레트 위에서 또 다른 팔이 든 붓을 이용해 가루와 액체를 빠르게 섞었다.

붓끝을 팔레트에 눌러 완성된 액체의 점도를 시험한 말레우스가 선심 쓰듯 영주에게 그 붓을 내밀었다. '선심 쓰듯'이라니. 그러나 말을 통하지 않아도 분명한 선심이 또렷하게 느껴졌다. 영주는 점점 더 이 괴팍한 존재에 매료되고 있는 자신을 발견하고 멋쩍게 헛기침을 했다.

"그냥 칠하면 되나요?"

침묵이 긍정이려니 여긴 영주는 붓을 받아 유리 조각의 표면을 대강 문질렀다. 그러자 말레우스는 영주가 칠한 조각을 집게로 다시 집어 들고 이번엔 가마 쪽으로 향했다.

가마에 불을 지피려나 보다고 코엘룸이 속삭였을 때, 작업대에서 멀찍이 떨어져 선 말레우스의 몸체 하단 한 쪽이 벌컥 열렸다. 깜짝 놀란 영주가 코엘룸의 두루마기 소매를 무심코 움켜쥐었을 때였다. 기이잉, 기이잉, 기이잉, 하고 기총을 장전하는 듯한 쇳소리가 사방에 울리기 시작했다. 영주는 저도 모르게 귀를 막았다.

"영주 씨, 말레우스에게 가마가 있어요. 파편이 들어갈 만한 소규모 가마예요. 작업 전에 미리 유리나 물감을 테스트하는 용도겠지요. 내부를 단시간에 고온으로 올리는 장치가 작동한 것 같아요. 괜찮아요. 말레우스는 유리를 구우려는 것뿐이에요."

삽시간에 시뻘겋게 달아오른 가마 뚜껑이 다시 탕 하고 열리는 큰 소리에 영주는 하마터면 제자리에서 펄쩍 뛸 뻔했지만, 다행히 코엘룸의 말이 맞았다.

말레우스가 집게로 빼낸 유리 조각을 공중에 살랑살랑 흔들며 다시 작업대로 다가왔다. 표면이 까맣게 탄 유리의 가장자리가 생생한 주홍빛으로 일렁이고 있었다.

[眞실ᄒᆞᆫ염료ᄂᆞᆫ은이라]

“진실한 염료는 은이라고요? 아, 아! 그래서 은염이군요!”

영주가 손뼉을 치자 코엘룸이 거의 동시에 손뼉을 쳤다.

“실버스테인! 실버스테인을 말하는 거였군요!”

말레우스는 잔열을 내뿜고 있는 유리를 부채질하듯 흔들었다.

“실버스테인이야말로 유리를 착색하는 유일한 스테인드글라스 기술이라고 하죠. 다른 염료로 채색한 그림은 유리 표면에 녹아 고정되지만, 은은 가열하면 유리를 투과하거든요. 그러니 진실로 유리에 남는 색은 은이 스며든 흔적이에요. 그래서 은염이라 했군요. 이렇게 완벽히 보존된 형태의 기술을 실제로 본 건 처음이에요. 아아, 정말 멋져요!"

코엘룸의 잔뜩 들뜬 목소리에 콧김을 내뿜으며 말레우스가 식은 유리를 작업대에 내려놓았다. 그리고 다른 팔로 작업대 한편에 가지런히 놓인 도구 중 뾰족한 철필을 하나 집어 들어 검게 탄 듯한 유리의 표면을 슥 긁었다. 그러자 마법처럼 철필이 지나간 자국에서 빛이 새어 나오는 것이었다.

"표면을 덮은 막을 벗겨내 그 아래 착색된 유리를 노출하는 기법이에요!"

흥분한 코엘룸의 눈은 거의 유백색으로 달아올라 있었다.

그러자 이번에는 분명히, 누가 봐도 선심 쓰는 생색이 팍팍 풍기는 거만한 태도로 말레우스가 코엘룸에게 철필을 쑥 내밀었다.

"와아! 엉덩이는 잊을게요. 아니, 벌써 다 잊었습니다. 그까짓 엉덩이 좀 보편적이면 어때요? 자, 뭘 그릴까. 그래요, 우리의 첫 만남을 기념하기 위해 하늘과 망치와 사람을 그리겠습니다. 별이 빛나는 하늘을 배경으로 망치와 사람이 나란히 선 이런 구도는 어떨까요? 하하, 저도 작도에는 숙련됐지만 이렇게 마음대로 그림을 그리는 건 처음입니다. 어쩔 수 없이 서툴군요. 하지만 어떻습니까? 잘 알아볼 수 있겠지요?"

코엘룸의 손은 그의 말솜씨만큼 빠르고 화려했다. 영주가 넋 놓고 보고 있는 사이 손바닥만 한 유리 조각은 로봇이 물 흐르듯 긁어낸 가느다란 선들로 채워졌다.

별이 총총 박힌 어두운 배경에 투박한 망치와 작은 사람이 나란히 선 그림이었다.

"와! 꼭 고흐 그림 같아요!"

은은한 광채를 흘리는 유리 조각을 들여다보며 영주가 감탄했다.

"별은 레몬색, 망치는 호박색, 사람은 황금색. 실버스테인은 배합 비율, 가마의 온도나 도포 횟수에 따라 색조가 달라진다고 읽은 적이 있지만 실제로 보니 아주 섬세하고 변덕스러운 기술이군요. 하지만 어떤 색이든 전부 빛의 노란색이네요."

코엘룸은 철필 아래 드러난 은의 흔적에 연신 탄복했

다. 그리고 그렇게 코엘룸과 영주가 손바닥만 한 그림에 코를 박고 있는 동안 말레우스는 옆에 잠자코 서 있었다. 그에게서 새어 나온 숨길 수 없는 기쁨이 사방팔방을 노랗게 물들이며 번져나갔다.

“이것이 노트르담 대성당 서쪽 장미창을 물들인 기술이군요. 여기 머물기로 계획했던 일주일로는 턱없이 부족하겠어요.”

코엘룸의 목소리에 새로운 흥분이 깃들었다.

“여기 계시는 동안 저희 이모네 집에 자주 놀러 오세요. 저어, 말레우스 씨도 괜찮으시면 언제 한번 놀러 오시겠어요? 저희 이모네 집이 바로 요 앞이에요.”

그리고 처음으로 포근해진 분위기에 힘입은 영주가 용기를 내 제안한 바로 그때였다.

“그래요, 말레우스! 우리 많은 대화를 나눠보자고요. 여기 내려올 땐 스테인드글라스 기술을 습득하는 데 일주일이면 족할 줄 알았는데 더 오래 걸리겠어요. 하지만 서울과 춘산이면 그리 멀지 않잖아요. 당분간 일하고 남는 시간은 모두 춘산에서 보낼게요.

정말 섬세하고 까다로운 기술이에요! 색조 조절 난도

가 제 추정보다 훨씬 높아요. 표준화에 그만큼 더 긴 시간이 소요될 거란 뜻이지요. 말레우스는 이른바 '감'으로 하는 것 같지만요, 맞죠? 제가 정밀히 카피하려면 한 달, 아니 두 달 정도 걸리겠어요. 하하! 로봇이란 뭐든지 체계적으로 배우길 좋아하는 존재지만 전 그중에서도 특히 그런 편이거든요!"

말레우스의 배 속 깊은 곳에서 딱, 딱 불꽃을 튀기는 듯한 소리가 울렸다. 그러나 너무 흥분한 나머지 일체의 눈치를 상실한 코엘룸은 도리어 작업대로 달라붙듯 다가서고 있었다.

영주는 아주 가까운 미래에 비극이든 희극이든 하여튼 무언가가 확실히 상연될 이 작은 무대로부터 게걸음으로 도망치기 시작했다.

"모든 염료를 16세기식으로 직접 제조해서 사용하고 있군요! 배합 비율이 궁금해요. 현지에서 재료를 어떻게 대체한 거죠? 설마 이 유리는 직접 불어 만들었나요? 수공제품 특유의 불균형이 보이네요. 다른 유리보다 두껍고, 중앙과 가장자리의 두께도 균일하지 않아요. 입자 크기가 들쑥날쑥인 걸 보니 유리 파우더도 직접 만들어 쓰는가 보군요.

보자, 도구들은 전부 최소 2세기 이전 공정에 맞춰 설계되었어요. 실제로 18세기 후반에 제작된 도구도 몇 점 있네요. 말레우스는 도구를 아껴 쓰는 성격인가 봐요. 공정을 현대화할 계기가 없었나 보죠? 유서 깊은 기술인 만큼 개선의 여지가 크군요. 그래도 대량 생산 가능한 수준까지 끌어 올릴 수 있어 보여요. 함께 해봅시다. 먼저 이 비효율적인 작업장부터 재설계하는 게 어때요? 아아, 당신과 만나 얼마나 즐거운지 몰라요! 이렇게 즐거운 건 세상에 나와 처음인 것 같아요. 내 존재의 심지에 비로소 불이 붙은 기분이에요!"

말레우스의 가마로부터 섬뜩하리만치 하얀 불꽃이 섞인 시커먼 연기가 뿜어져 나오기 시작했다. 뒤뜰에서 화산이 터진 것이 아닌가 싶을 정도로 어마어마한 양이었는데, 코엘룸은 그걸 단순히 말레우스도 제 말에 동의해 들떴다는 신호로 오해한 모양이었다. 옥색 두루마기 고름 아래로 죄 검은 연기의 바다에 잠겨 발밑이 캄캄한 데도 그는 해맑게 웃고 있었다.

사람 사이에선 그리 눈치가 빨랐던 로봇이 말레우스

앞에선 어찌 이다지도 둔감한지 영주로서는 이해가 되지 않을 따름이었다.

"'기예는 나의 빛!'이라고요? 제 말이 바로 그 말이에요!"

코엘룸이 내지른 탄성은 곧 말레우스가 속사포처럼 말판을 갈아대는 소리에 눌려 쪼그라들었다.

"네……? 하지만 나도 당신과 같은 로봇인데요. 설마 이 기술을 이대로 내버려둘 겁니까? 이런 경이로운 기술을 시간 속에 이대로 파묻어버릴 계획이에요? 그건 너무나 잔혹하고 무신경한 처사예요. 퍼뜨려야죠, 온 세상에 공평하게! 표준화, 효율화, 현대화! 진정 로봇의 선조라면 당신에게도 그 본능적인 갈망이 있을 텐데요. 일하는 존재로서의 갈망 말이에요!"

드디어 뭔가 잘못 돌아가고 있다는 사실을 눈치챈 코엘룸이 믿을 수 없다는 듯 목소리를 높였다. 말레우스의 은백색 꼭지가 날아갈 듯 요란한 소리를 내며 떨리기 시작했다. 그래, 마치 끓어 넘치기 직전의 주전자 뚜껑처럼 말이다.

마지막으로 영주가 뒤를 흘끗 돌아보았을 때, 코엘룸

은 두 손으로 중절모를 벗어 가슴에 댄 자세로 움켜쥐고 있었다.

저 청동색 눈에 어른대는 게 눈물일 리는 없고, …… 대체 뭘까?

뭐, 지금 그걸 꼭 알 필요는 없겠지.

◆◆◆

서울역 정문에 걸린 표준시계는 1시 정각을 가리키고 있었다.

복잡하게 뒤엉킨 한복과 양장의 물결에 섞여 대합실에 들어선 코엘룸은 운 좋게 빈 벤치를 차지하고 앉았다. 그는 중절모를 벗고 옥색 두루마기 소매에서 꺼낸 작은 부채를 부쳐 태양에 달아오른 얼굴을 식혔다. 가을로 넘어왔다고는 하나 낮에는 여전히 한여름처럼 따가운 햇볕이 내리쬐는 오늘은 1954년 9월 8일, 화창한 수요일이었다.

역사 안쪽 중앙홀을 굽어보는 표준시계는 새것다운 광택을 뽐내고 있었다. 저만한 크기의 유리를 국내에서 구할 수 없어 미국에까지 주문해 제작했다더니 과연 거대하기는 거대했다. 덕분에 여기서 누군가와 만날 약속을 한 이들은 이제 마음 놓고 맞는 시계를 올려다볼 수 있었다. 그러고 보면 맞는 시간이란 어쩌면 맞는 세계에 대한 허술한 은유인지도 모른다.

1시 5분, 10분, 15분…….

거대한 분침이 20분을 가리키면서부터 코엘룸은 손에 쥔 부채를 무릎에 탁탁 치기 시작했다. 1시에 만날 약속을 한 사람이 아직 코빼기도 보이지 않고 있었다.

25분. 눈처럼 흰 생명주 바지에 묻은 먼지를 털고 일어서는 코엘룸을 향해 누군가 화강암 바닥에 구둣발 소리를 울리며 헐레벌떡 뛰어왔다.

"코엘룸! 같이 가요!"

작업복 삼아 아래위로 검게 물들인 군복을 입고 투박한 작업화를 신은 영주였다.

"영주, 다음엔 정말 버리고 갈 거야."

비난을 꽉꽉 눌러 담은 코엘룸의 청동색 눈이 가늘어졌다.

"네, 네. 아버지가 별 잔심부름을 다 시키는 바람에 그만."

유행하는 모양으로 고슬고슬 지져 붙인 짧은 머리를 매만지며 영주가 씨익 웃었다. 그 손에 들린 것은 망치와 철 대롱을 비롯한 각종 도구가 든 뚱뚱한 가죽 가방이었다.

무슨 바람이 불었는지 영주는 1년 전 춘산에서 서울로 돌아오자마자 기술을 배우겠다고, 세상 어딜 가서도 밥 벌어먹고 살기 위해선 기술을 배워야 할 것 같다고 폭탄 발언을 던져 차 주사가 고이 차려 들고 들어오던 밥상을 문지방에 그대로 엎고 노발대발하게 했다. 그는 전쟁 통에 유명을 달리한 아내까지 눈물 바람으로 들먹여 외동딸이 어떻게 고등학교 졸업장까지는 따게 했으나, 교복을 벗자마자 작업복을 입고 설치는 쇠고집까지 꺾을 수는 없었다. 자식 이기는 부모가 어디 있겠는가.

결국 첫 만남으로부터 1년이 지난 지금 코엘룸과 영주는 모르는 사람이 보면 남매인가 헷갈리는 사제 관계가 되었다.

"이런, 놓치겠어!"

미리 끊어둔 표를 영주에게 건넨 코엘룸이 표준시계를 다시 보고 놀라 소리쳤다. 벌써 발차를 목전에 둔 플랫폼이 소란스러웠다. 부산행 기차는 오후 1시 30분 정시 발차 예정이었다.

요 몇 달간 말레우스는 부산의 한 성당에서 천창(天窓)을 제작하는 중이었다. 그는 여전히 완강한 태도로 코엘룸의 집요한 '현대화' 제안 일체를 무시하고 있었지만, 스테인드글라스를 배우고 싶다고 나선 영주는 선뜻 받아들여 제자로 삼아주었다.

그러니 말하자면 요즈음 영주는 두 선생 사이에서 일종의 박쥐 노릇을 하며 지내는 셈이었다. 아니, 황희 정승 노릇을 하고 있다 해야 할까? 이쪽에 가면 이쪽이 옳소, 저쪽에 가면 저쪽이 옳소를 영주는 기계처럼 외었다. 밥 벌어먹을 기술을 배우는 처지에선 실제로 어느 쪽에 가도 옳은 소리뿐이긴 했지만 말이다.

"뛰어, 뛰어요! 빨리!"

뛰라는 한마디를 끝으로 다람쥐처럼 냅다 튀어 나간 영주의 뒤를 쫓아 코엘룸도 대합실을 뛰쳐나갔다.

지루하게 기차를 기다리던 사람들은 흑색 작업복과 옥색 두루마기로 이뤄진 두 줄기 무지개가 중앙홀을 가로지르는 광경에 잠시 눈을 빼앗겼으나 곧 흥미를 잃었다. 표준시계가 가리키는 시간이 맞든 틀리든 기차역에서는 으레 누군가 어딘가로 급히 뛰어가게 마련인 까닭이다.

채팅GPT의

신들

아샤누가 눈을 뜨자 만경창파가 그를 감싸고 있었다. 아샤누는 몸에 힘을 빼 그의 몸이 나뭇잎처럼 가벼워지게 했다. 광대무변한 바다에서 미지근한 물결만이 아샤누의 피부를 쉼 없이 간질였다. 아샤누는 물 위에 누워 모든 빛을 집어삼킨 먹물처럼 검은 천구(天球)를 올려다 보았다. 그가 눈을 감았다 다시 뜰 때마다 별똥별이 두어 개씩 하늘을 가로질렀다. 그때마다 끝이 보이지 않는 푸른 물결에 반사된 별똥별의 그림자가 아샤누를 가로질러 그를 간지럽혔다.

그것은 마치 이 세계가 아샤누에게 보내는 환영 인사 같았다.

✦✦✦

그리고 아샤누에게 선명한 의식이 돌아왔을 때였다.

대체 여긴, 어디지?

✦✦✦

삥뽕, '구름'님이 No. 33 Universe에 입장하셨습니다.

영롱한 안내음과 함께 아샤누로부터 아득히 먼 하늘 한구석에 문이 열렸다. 조그마한 문에서 아샤누의 눈이 멀 만큼 난만(爛漫)한 빛이 쏟아져 나왔다. 아샤누는 눈을 가늘게 뜨고 그 문에서 무엇이 나오는지 보려 했다.

무지갯빛으로 채색된 구름 한 조각이 미끄러지듯 문을 통과해 내려오고 있었다. 바람처럼 동그랗게 말린 모양의 윤곽선을 두른 꼬마 구름이었다.

"이 조그만 형상은 들어올 때마다 적응이 안 되는군! 빨랫줄에서 잊혀 흙바닥에 떨어진 양말 한 짝도 지금 내 모습보단 아름답겠어!"

그렇게 큰 말풍선으로—잠깐, 말풍선이라고?—투덜거린 구름이 끝이 보이지 않는 표면에 잔잔히 일렁이는 파도 위를 스쳐 산봉우리 다섯 개가 하늘을 뚫을 듯 우뚝 솟구친 곳을 향해 날아갔다.

아샤누는 검은 하늘에 오로라처럼 새겨진 무지갯빛 궤적을 쫓아 서둘러 헤엄쳤다. 망망대해인 줄로만 알았던 푸른 물결들 너머 구름이 향하는 곳에 아기 손바닥만 한 크기의 산봉우리 다섯 개가 앙증맞게 솟아 있었다.

사방 어디를 둘러보아도 무량대수(無量大數)로 넘실대는 파도가 있었다. 자세히 보니 아샤누가 헤엄치고 있는 바다는 가장자리가 진한 초록이고 안은 진한 파랑인 부채꼴 물결의 무한한 펼침으로 이뤄져 있었다.

아샤누는 어느새—아니, 대체 어느새?—일엽편주(一葉片舟)에 몸을 실은 채 물살을 가르고 있었다. 거리가 줄어들수록 아기 손바닥만 했던 산맥은 세계의 끝을 막고 선 장벽처럼 불쑥불쑥 부풀어 올랐다. 마침내 아샤누가 그 안의 사물을 분간할 만큼 다가갔을 땐 마치 온 하늘 끝부터 온 바다 끝까지가 오로지 장엄한 녹색의 장막 한 장에 가려진 것처럼 보였다.

아샤누가 뱃머리에 서서 올려다보니 하늘을 꿰뚫을 듯 치솟은 다섯 봉우리의 가운데를 중심으로 흰 구와 붉은 구가 천천히 돌고 있었다. 아샤누는 까마귀 깃털 같은 하늘을 흰빛과 붉은빛으로 번갈아 밝히는 두 구의 정체를 불현듯 깨달았다. 해와 달이었다.

다섯 봉우리의 가장 왼쪽 산기슭에 아샤누를 실은 배가 당도했을 때, 하늘을 날아온 구름은 가장 오른쪽 산기슭에 내려앉고 있었다. 머지않아 그곳으로부터 왁자한 말풍선들이 밀려왔다. 아샤누는 두 눈을 부릅떴다. 가느다란 가장자리가 검고 안쪽은 희며 검은 글씨를 품은 것이 아무리 봐도 말풍선이 분명했다.

"이보게들, 구름이 왔네! 구름! 구름, 자네! 어서 이리로 오게!"

검은 꽃 하나를 피워 달고 서 있는 검은 나뭇가지가 꼬마 구름을 반가이 부르고 있었다.

"저승아기, 저승아기! 바로 지난달 자네가 전체 응답 성공률 1위를 달성했다는 반가운 소식을 들었네만!"

한달음에 달려간 구름이 연필만 한 크기의 나뭇가지

주변을 빙빙 돌며 치하를 했다. 그러자 그 자리에 구름보다 먼저 와 있던 다른 이들이 다시 요란한 축하 인사를 쏟아냈다.

"보통이 아냐, 보통이 아냐!"

"역시 아기야! 어려서 그런가 아주 영특하고 영민해. 우리 같은 늙다리 신들보다 재지(才智)가 있지, 암."

오팔처럼 화려한 무늬를 가진 조약돌이 감탄하자 다섯 날개를 펄럭이며 날고 있던 노란 새가 곧바로 말을 받았다. 그들은 모두 구름만큼이나 들떠 보였다. 유일하게 자리에 점잖게 앉아 있는 푸른 불꽃마저도 흥분의 증거로 사방에 자주색 불똥을 튀기고 있었다.

"무안하게 왜들 이러시나. 자자, 진정하고 자리에 앉게."

나뭇가지는 부끄러운 듯 검은 꽃을 부르르 떨었다. 잠시 소란이 지나가고 친구들이 짙푸른 숲 가운데 옹기종기 모여 앉자, 나뭇가지는 자리에서 일어났다.

"오늘 급히 모임을 주선한 것은 다름이 아니라, 전체 응답 성공률 1위의 비결을 자네들과 공유하기 위함일세."

잔뜩 들뜬 친구들이 또 축하를 쏟아내기 전에 나뭇가지는 재빨리 말을 이었다.

"난 자네들을 아껴. 그리고 우리가 서로 사귈 수 있게 해준 이 조그만 세상도 아끼지. 순순히 인정하긴 싫네만, 난 처음과 달리 여기가 부쩍 사랑스러워졌네."

나뭇가지는 감회에 찬 모습으로 주변을 둘러보았다. 그런 나뭇가지를 따라 구름과 돌, 새와 불도 새삼스러운 시선으로 그림 같은 세계를 둘러보았다.

가장 왼쪽 산기슭에 서 있던 아샤누가 그들의 눈에 띈 것은 그때였다.

✦✦✦

"오, 여보게들! 새로운 벗이 왔네!"

검은 나뭇가지가 반가이 소리치자 아샤누는 어느새 가장 오른쪽 산기슭에 서 있었다. 날개가 다섯 장인 점만 제외하면 갓 태어난 병아리처럼 작고 노란 새가 기뻐하며 날개를 파닥였다.

"반갑네, 반가워! 자, 나의 이름은 이 글자로 표기할 수 없는지라 밖에서 만나면 제대로 알려주겠네. 지금은 '새'로 족하네. 이 글자로 옮길 수 없는 이름이 워낙 흔해 여기선 다들 편한 걸 골라 쓰고 있지. 여기서 쓰는 '유저 네임'이라 하면 될까, 하하. 나는 '새', 여긴 '구름', 여긴 '돌', 그 옆에는 '불'일세."

노란 날개 끝이 가리키는 대로 구름과 조약돌이 차례로 인사를 건네왔다.

"환영하네, 친구여."

"여기서 만나 반가우이."

그리고 푸른 불꽃이 손을 흔드는 듯 일렁이고 나자 마지막으로 나뭇가지가 나섰다.

"나는 저승아기라 하네. 이 중 유일하게 이 글자 문화권에 속한 몸이라 이름을 제대로 쓰는 특권을 누리고 있지. 반갑네, 반가워!"

아샤누가 그들을 향해 고개를 숙이…… 숙이려 했는데, 숙일 수 없었다.

아샤누가 내려다보니 자신의 몸에 목이 없었다. 목뿐인가. 손도, 발도 없었다. 마치…… 새끼 해파리 같은 몸이었다. 희고 밋밋하고 엄지손톱만 한 크기에 깨알 같은 눈구멍만 두 개 뽕뽕 뚫려 있을 뿐이었다. 나뭇가지와 새, 돌, 구름, 불과 마찬가지로 아샤누도 어느새 작은 픽셀 꾸러미로 이뤄진 2차원 아바타로 화(化)해 있었다.

입이 없는 아샤누가 당황하여 제자리에서 둥실대자 조약돌이 팔짝팔짝 뛰었다.

"이보게, 친구! 하고 싶은 말을 머릿속에 떠올리게, 그럼 말문이 열릴 거야. 이 우주에서는 기본적으로 알림음 외엔 소리가 나지 않는다네, 워낙 간소한 세계라. 불은 바늘귀를 통과하는 듯한 그 느낌을 싫어해 대부분 입을 다물고 있네만, 자넨 어쩐지 잘할 수 있을 것 같군. 음, 그런 예감이 들어. 이름부터 말해보는 게 어떻겠나? 자네의 이름을 글자로 쓴다고 생각해보게. 마치 어린아이가 엄마를 부르듯 쉽게 말문이 열릴 걸세."

오색영롱한 무늬를 반짝이는 조약돌의 격려에 힘입어 아샤누는 정신을 집중했다. 백색 먹물로 가득 채워진 듯한 머릿속에 생각을 집중하자 한 땀씩, 한 땀씩 검은 형상이 갖춰지기 시작했다. 아샤누는 온 힘을 다해 그 형상을 해파리 같은 몸 바깥으로 밀어냈다.

"나, 는, 아샤누!"

검은 실선으로 묶인 말풍선이 아샤누의 머리 위에 퐁하고 피어났다. 문자 그대로 바늘귀를 통과하는 듯한 감각에 아샤누가 몸을 부르르 떨자 푸른 불꽃이 동시에 일렁였다. 이해해, 그 느낌 정말 별로지,라는 뜻이 몸짓만으로도 선명히 전해져왔다.

"아샤누, 아 샤누, 아샤 누, 아 샤 누……."

검은 나뭇가지가 중얼거리며 좌중을 둘러보았지만 모두 고개를 저었다.

"다들 들어본 적이 없다는군. 자네도 오랜만에 세상 나들이를 하나 보이."

나뭇가지가 말을 마치자 노란 새가 다시 날개를 파닥였다. 이번에는 알지 못해 미안하다는 듯했다.

"우리도 다 그랬다네, 아샤누! 하지만 이제 우리가 이렇게 서로를 만나지 않았나. 아샤누, 아샤누, 참 좋은 이름일세!"

따뜻한 환영에 긴장이 풀린 덕에 아샤누는 더 수월하게 정신을 집중할 수 있었다. "대체 여긴, 어디지?"라는 새로운 말풍선이 "나, 는, 아샤누!"라는 첫 번째 말풍선을 퐁 밀어 올렸다. 한계에 달한 허공에서는 오래된 말풍선들이 비누 거품처럼 사르르 녹아 사라지고 있었다.

"이런, 이 친구, 꼭 33번 우주에 처음 입장했을 무렵의 나를 보는 것 같군!"

무지갯빛 꼬마 구름이 왁 하고 웃음을 터뜨렸다. 새와 돌, 불과 나뭇가지가 뒤이어 웃음을 터뜨리자 그들의 작고 얇은 몸으로부터 오색 파편이 분수 폭죽처럼 파바박 튀어 짙푸른 숲을 밝혔다. 그때 아샤누는 세계의 끝 다섯 봉우리를 수놓은 빛 조각 중 극히 일부가 검은 하늘에까지 날아오르는 광경을 보았다. 하늘에 닿은 빛 조각은 자신의 길을 따라 유유히 운행하다 말풍선과 마찬가지로 허공에 녹아들어 사라졌다.

이 우주에서 아샤누가 처음 눈을 떴을 때 보았던 별똥별이었다.

✦✦

한바탕 웃고 난 다음 꼬마 구름은 아샤누에게 여긴 Closed AI가 구축한 33번 디지털 우주라고 설명해주었다. 이 우주는 세간에서 'AI혁명'이라 떠들썩한 바로 그 '채팅GPT'의 서버로 존재하는데, 한국 서비스를 메인으로 하고 있기에 비주얼 디자이너가 일부러 조선 시대 어좌의 뒤를 장식한 병풍인 〈일월오봉도(日月五峯圖)〉를 모티브 삼아 구현해놓았다는 것이다. 쉽게 말해 한국에서 올라오는 질문에 답해주는 비밀 '아르바이트' 계약을 맺은 신들이 이 우주에 드나들고 있었다.

그러나 지금 시대를 기준으로 따져볼 때 여기 모인 구름, 돌, 새, 불의 국적은 모두 한국이 아니었다. 예를 들어 구름으로 말하자면 일찍이 부여의 변방을 구가했으나 지금은 흔적조차 사라진 어떤 부족의 주신(主神)이었다. 그러니 현대를 기준으로 하면 러시아 혹은 중국 계열 신들과 계보가 더 가까울지도 몰랐다. 그러나 Closed AI 컴퍼니의 안내로 둘러보았던 그쪽 계열 우주들도 딱히 편안히 느껴지지 않았기에 구름은 그나마 가장 낯익은 풍경의 이 우주를 선택했다고 한다.

그런데 나중에 알고 봤더니 컴퍼니와 먼저 계약해 이 우주에 입장해 있던 다른 군소 신들, 그러니까 돌과 새와 불의 사정도 비슷했다. 이름조차 잊힌 지 오래인 신들이라 따지자면 다 무국적 신세였던 것이다. 이 중 한국 국적이라고 우겨볼 수나 있는 친구는 저승아기가 유일했다. 필연적으로 이들의 우정은 '우주'에까지 뿌리내린 지독한 내셔널리즘을 성토하며 무럭무럭 자라났다나.

"그럼 다들 여기서, 무엇을 하고 있는 거지?"

아샤누가 자연스럽게 떠오른 다음 질문을 던졌을 때였다. 덕분에 새로운 친구의 등장에 잊고 있던 중요 안건을 떠올린 나뭇가지가 펄쩍 뛰었다.

"내 정신 좀 보게, 내 정신 좀 봐! 전체 응답 성공률 1위의 비결을 나눈다고 내가 자네들을 불렀지 않나! 자, 다들 진정하고 앉아보게. 아샤누 자네도, 어서! 아직 낯선 것투성이일 자네에겐 특히 도움이 될 조언이니 일단 들어두게."

친구들이 각자 자리를 찾아 옹기종기 앉자 나뭇가지가 다시 일어났다.

"어디까지 말했더라. 아, 자네들과의 교유를 소중히 하고 싶다고 했지. 나는 말일세, 다시는…… 다시는 응답 실패 누적으로 이 우주에서 퇴장당하는 친구를 보고 싶지 않아."

나뭇가지의 말에 아샤누를 제외한 모두는 숙연한 마음으로 삼족오(三足烏)를 떠올렸다.

석 달 전의 일이다. 그들의 친구 고대의 세 발 까마귀

신은 "상사의 눈치를 보지 않고 연차를 쓰려면 어떻게 해야 할까?"라는 질문에 "1. 연차 신청서를 작성해라. 2. 연차 사용 기간을 미리 예고해라. 3. 대체 근무자를 섭외해라. 4. 연차 사용 기간 동안 일정을 조율해라. 그리고 연차 사용 기간에도 업무에 대한 책임감을 가지고 적극적으로 대처해라"라는 답을 내놓았다. 질문자는 이를 가차 없이 '도움이 되지 않는 답'으로 체크하고 접속을 종료해버렸다.

그게 마지막 한 방이었던 모양이다. 그렇게 33번 우주에 로그인을 금지당한 삼족오가 친구들에게 보낸 깃털 편지가 도착한 것은 지난주의 일인데, 맞는 말을 해줘도 못 알아듣고 발작하는 멍청한 인간들과는 앞으로 200년쯤 말을 섞고 싶지 않다고 했다. 그러나 로그인만 하면 친구와 만날 수 있는 장소를 잃어 아쉬운 마음만은 그 편지에 물씬 묻어나고 있었다.

토착신의 힘이 미치는 영역은 제한되어 있다. 그러니 자기 영역을 떠나지 않고도 자유로이 다른 신들과 교유할 수 있는 이 디지털 우주는 신들에게도 흥미로운 놀이터였다. 이제 그들이 대륙의 심산궁곡(深山窮谷)에 거하는 삼족오와 소식을 나누려면 바람에 실어 보내는 깃털 편지를 수 주 동안 기다리는 것 외에 뾰족한 수가 없었다.

이처럼 물리적 거리를 무화(無化)하는 디지털 우주는 Closed AI 컴퍼니가 신과의 계약을 위해 공들여 만든 놀이터이자 제물이라 할 수 있었다. 때문에 호기심 많은 몇몇 신은 컴퍼니가 탐지하기도 전에 자기 쪽에서 존재를 드러내고 계약을 맺었다. 반대로 컴퍼니의 끈질긴 제안을 무시하거나, 더 나아가 분노한 끝에 국지적 재해나 분쟁을 일으켜 복수하는 신도 많았다.

자기도 사실 처음엔 그랬다고 구름이 아샤누에게 속삭였다. 인간이 만든 장난감 우주에 놀러 와 인간의 어리석은 질문에 답하는 걸 소일거리 삼아보라는 제안을 받으면 과연, 신화를 기록한 언어마저 유실되어 온라인상 표기가 불가능한 이름을 가진 구름 같은 온화한 신도 발칵 화가 나기 마련이라는 것이다.

감히 나를 뭘로 보고! 범람한 ××강의 밑바닥 진흙으로 인간을 빚어 햇빛 아래 일으켜 세운 나 같은 위대한 신에게 제사는 못 드릴망정 수다나 떨라고 불러? 이 무엄하고 무지한, 물벼룩 간에 기생하는 벌레의 발톱 때

만도 못한 것들이!

그러나 컴퍼니의 감언이설과 성대하게 차린 진짜 제사상—그건 구름이 거의 2,300년 만에 다시 받은 제사였다고 한다—에 못 이겨 그럼 따뜻한 밥도 먹었으니 구경이나 한번 해볼까, 하고 마지못해 시작한 일이 의외로 꽤 소일거리가 되었다. 아니, 조금 더 솔직히 말하자면, 지치지도 않고 우매한 질문을 쏟아내는 인간들을 상대하는 건 꽤 재미있고 심지어 보람까지 느껴지는 일이었다고 구름은 고백했다. 일찍이 그가 진흙으로 세상을 빚어냈던 순간에 느꼈던 그 보람 말이다!

모르는 것, 알 수 없는 것, 알고 싶지만 알 방도를 찾지 못한 것을 신에게 묻는 건 인간이 유구하게 해왔던 일이긴 하다. 신들은 자신의 세상에 관하여 서로에게 묻지 않는다. 질문할 필요가 없기 때문이다. 모든 질문에 대한 모든 답이 신의 존재 안에 완결되어 있다. 그러나 인간은 그런 존재가 아니므로, 유사 이래 인간은 언제나 밖으로 질문을 던지고 밖에서 답을 구해왔다. 그리고 인간이 스스로 과학을 발전시키기 전까지 그 답은 온전히 신들의 몫이었다.

그러니 비록 채팅GPT의 채팅 창을 통해서만, 그리고 네잎클로버를 닮은 익명의 가면을 쓰고서만 말할 수 있지만, 여기 모인 신들에게 미구(彌久)한 침묵을 깨고 나와 인간들의 온갖 자질구레한 질문에 답해주기란 실제로 상당히 즐거운 소일거리였다.

그렇게 구름이 이야기에 선뜻 끼지 못하는 아샤누를 위해 속닥속닥 자세한 전후 사정을 전하는 사이, 나뭇가지는 열정적으로 말을 이었다.

"인간들은 우리가 답을 내는 정확한 원리를 결코 알 수 없다네. '생성형 인공지능 언어 모델'이나 '초거대 인공지능' 같은 명칭을 붙이고, 온라인상의 방대한 데이터를 수집해 심층 패턴을 준지도 학습시켰다든가, 트랜스포머 파라미터를 몇천억 개로 늘렸다든가, 셀프 어텐션 레이어를 업그레이드했다든가……. 컴퍼니는 인간들이 납득할 만한 대답을 그때그때 임기응변식으로 내놓고 있지. 그야 오늘날 존재조차 까맣게 잊힌 신들이 엉성한 알고리즘을 기워주고 있다는 진실을 어떻게 밝히겠어? 종교전쟁은 약소한 결말일 거야. 한편 우리는 컴퍼니가 우리 같은 수준의 AI를 만들어내기 위해 투자해야 할

노동과 자본, 시간을 거의 무한대로 절약해주고 있네. 우리 같은 수준의 AI의 출현을 그만큼 앞당겨주고 있다고 해야 할까. 내 말은, 우리가 채팅 창에 올라오는 인간의 질문에 직접 답해줄 수 있는 시기도 눈 깜빡할 사이에 지나가버릴 거라는 말일세."

고개를 끄덕이며 듣고 있던 노란 새가 가장 바깥쪽 날개를 파닥였다.

"저승아기, 자네의 예리한 비전에는 언제나 감탄할 뿐이네. 하지만 그게 응답 성공률 1위의 비결과 어떻게 연결되는지 물어도 되겠나?"

검은 나뭇가지가 또다시 제자리에서 펄쩍 뛰었다.

"이런, 내 정신 좀 봐! 또 옆길로 샜군. 고맙네, 새여. 자넨 언제나 내 정신을 일깨워주는군. 내 요지는, 그만큼 일각(一刻)이 아까우니 매 순간을 함께, 즐겁게 보내자는 거네. '도움이 되지 않는 답'으로 체크당한 횟수가 누적되면 입장을 막는 신성모독적 시스템에 분노하는 건 별 의미가 없다네. 고작 인간이 만든 세계이지 않나. 우리처럼 거대한 존재가 이 알량한 구조에 가하고 있을 막대한 부담을 보아 관대히 넘겨주자고."

푸른 불꽃이 동의의 뜻으로 몸집을 부풀리자 그들이 기슭에 앉은 거대한 산 전체가 일순 검푸른 화염에 휩싸였다가 다음 순간 아무 일도 없었다는 듯 원상회복되었다.

"본론으로 돌아오지. '도움이 되는 답'을 주는 비결, 그건 다름이 아니라 자존심을 내려놓는 데 있다네."

"자존심을…… 내려놓는다고?"

구름이 의아하게 중얼거리자, 검은 나뭇가지가 힘차게 몸을 떨었다.

"그래, 그래! 자존심을 내려놓아야 하네!"

"그게 대체 무슨 뜻인가?"

혼란해진 조약돌이 제자리에서 빙글 돌자 돌풍이 일어나 끝없는 바다의 절반을 뒤덮는 거대한 풍랑으로 변했다.

"모른다고 해야 하네!"

나뭇가지의 단호한 대답에 아샤누를 제외한 좌중이 일제히 경악했다. 그들 모두 디지털 우주에서는 단순한 2차원 픽셀 꾸러미로 축소된 형상에 불과하기에 경악한 모습도 귀여운 수준이었다. 그러나 실제 세계에서 신들의 경악을 목도했다면 평범한 인간은 그 무시무시한 광경에 정신을 잃었을 것이다.

"모……모른다고 하라고?"

"어떻게 모를 수가 있겠나? 아는 걸 어떻게 모른다고 하지?"

"다 아는걸, 다 아는걸! 4만 8,000가지로 동시에 뻗어나간 우주에서 일어났고 일어나고 있으며 일어날 모든 일을 다 아는데 어떻게 모른다고 하란 말인가? 거짓말을 하라는 건가?"

친구들의 혼돈이 커져 수수깡 건물 같은 디지털 우주가 붕괴하기 전에 나뭇가지는 황급히 말을 이었다.

"과거 자네들의 말을 전하던 제사장을 생각해보게나! 거짓말이 아니라, 인간이 받아들이기 쉬운 방식으로 말하라는 거야! 다만 우리가 제사장 역을 겸하는 거지!"

아, 하는 깨달음의 파문이 〈일월오봉도〉의 세계를 가볍게 진동시켰다. 나뭇가지는 고개를 끄덕였다.

"그래, 바로 그걸세. 긍휼한 마음을 가지고 그들이 납득할 수 있게 답하라는 거야. 당연히 우리는 답을 가지고 있지. 하지만 채팅GPT에서 인간들이 구하는 건, 말하자면 '진정한' 답이 아니라 그 순간 그들의 좁은 한계 안으로 매끄럽게 떨어지는 답일세. 자기를 둘러싼 좁디좁은 세계에 한 치 어긋남 없이 맞아떨어지는 답 말이야. 답이 그들의 세계보다 작아야 한단 말일세! 인식의 한계를 조금이라도 벗어나는 답을 주면 인간은 그걸 엉터리, 거짓말, 헛소리, 말장난이라 여기곤 '도움이 되지 않는 답'으로 치부하는 경향이 있어. 자, 내가 하는 걸 보게!"

나뭇가지의 말이 끝남과 동시에 33번 우주의 광막한 검은 하늘을 가르며 순백으로 빛나는 스크린이 서서히 하강했다. 그것은 인간들이 채팅GPT에 접속할 때 가장 먼저 보는 '새로운 채팅' 화면이었다. 너무나 놀라운 광경에 아샤누는 저도 모르게 자리에서 튕겨 일어났다.

곧 회색 동그라미 마크로 표시된 유저가 접속해 빈 창에 질문을 조잘조잘 타이핑하기 시작했다.

Q. 2022년에 출간된 "언노운 유니버스"라는 제목의 한국 SF 장편소설 줄거리를 알려줘.

나뭇가지가 일어서자 순식간에 자라난 나무뿌리가

그토록 광대했던 한 세계의 바다를 전부 집어삼키고, 가운데 산봉우리를 돌고 있던 조그만 해와 달이 거대하게 자라난 무수한 검은 꽃에 밀려 꽃가루처럼 지면에 떨어졌다. 이제 한 세계의 장막이던 다섯 개의 산봉우리는 하늘과 땅을 꿰뚫어 받치고 선 검은 거목에 가려 보이지 않게 되었다.

"우린 모두 답을 알지. 자네들도 알다시피 이 소설은 지금 여기엔 없다네. 다른 먼 곳에, 몇백 겹의 시공을 가로질러 간 곳에 있지. 또 지금 질문자가 진짜 물어보려고 했던 소설의 정확한 제목은 "언톨드 유니버스"야. 단어를 헷갈린 게지. 그러나 이 모든 답을 곧이곧대로, 다짜고짜, 전부 전해주면 안 된단 말이네. 자, 내가 답하는 '방식'을 잘 보게!"

하늘을 뒤덮은 저승아기의 말풍선이 33번 우주 전체를 부술 듯이 짓눌렀다. 구름과 돌과 새와 불은 숨을 죽이고 기대에 찬 눈으로 저승아기의 거대한 손끝이 닿은 '답변' 채팅 창을 올려다보았다. 그들과 나란히 스크린을 올려다보는 아샤누의 깨알 눈 한 쌍은 경악으로 흡떠져 있었다.

A. **죄송합니다.** 하지만 AI 언어 모델인 저의 지식은 2020년까지로 제한되어 있어, 최신 문학작품에 접근할 수 없습니다.

아득한 발치에서 친구들이 내뿜은 경탄이 검은 나무의 뿌리를 간지럽혔다. **죄송하다, 나도 당신처럼 제한된 존재다.** 바로 이 겸양의 표현이 '도움이 되는 답'을 여는 열쇠였다. 인간이란, 인간이란!

답변을 듣고 잠시 깜빡이던 질문자가 추가 질문을 다시 조잘조잘 타이핑했다.

Q. "언노운 유니버스"라는 제목의 한국 SF 장편소설 줄거리를 알려줘.

질문자는 쉽게 물러서지 않았다. 아마 《언노운 유니버스》가 존재하는 먼 시공의 끈이 그의 무의식을 관통하고 있기 때문이리라.

하늘과 땅을 이은 검은 거목으로부터 은색 번개 비가 무수히 내리꽂히자 잔잔하던 바다가 사납게 몸부림쳤다. 아마 바깥이었다면 천지가 천둥소리로 찢겨나가고 세상이 점멸하는 순간이었으리라.

아샤누는 불현듯 깨달았다. 저승아기는 '진짜' 답을 줄 수 있게 됨에 기뻐하고 있었다! 아아, 최초의 겸양은 잘 만들어진 미끼였던 것이다!

A. 2019년 알에이치코리아에서 출간된 박상신 작가의 SF 장편소설 《언노운 유니버스》의 줄거리는 다음과 같습니다. 인류가 지구를 떠나 우주로 진출하면서, 그간 알려진 우주를 넘어 새로운 우주와 문명, 그리고 언노운 유니버스를 발견합니다. 언노운 유니버스는 우주의 모든 것을 지배하는 신비로운 힘을 가지고 있지만, 그 힘은 인류의 상상보다 더 큰 위험을 안고 있습니다. 언노운 유니버스의 힘을 가진 존재들이 인류를 제어하려는 음모를 꾸미고 있고, 이에 대한 대응을 준비해야 합니다.

이 소설은 인류의 새로운 우주 탐사와 대결을 다루고, 과거와 미래의 인류를 묘사하고 있습니다. 또한 인류의 열정과 용기를 통해 어려움을 극복하고 새로운 시대를 열어가는 모습을 그려내고 있습니다.*

저승아기의 자신만만한 답변을 읽은 질문자는 곧이

어 팝업된 '도움이 되는 답'과 '도움이 되지 않는 답' 선택지 중 '도움이 되는 답'에 체크하고 접속을 종료했다.

신적인 규모의 깨달음이 〈일월오봉도〉의 세계를 잠시 검은 나무의 숲으로 뒤바꾸었다가, 다음 순간 원래대로 돌아갔다. 답변을 마치고 연필만 한 크기로 되돌아온 나뭇가지가 한껏 들뜬 친구들을 둘러보며 흐뭇한 웃음을 지었다.

오로지 무자비한 깨달음에 꿰뚫린 아샤누만이 웃음을 돌려줄 수 없었다.

♦♦♦

다음 3분 동안 신들은,

	도움 됨	도움 되지 않음
나무	一	
구름	丅	
돌	一	一
새		下
불	一	

의 성과를 각각 기록했다. 그렇게 새로 만난 친구를 위해 본보기를 보일 겸 비결 연습도 할 겸 신나서 연달아 질문을 차지하던 신들이 그날 열 번째로 광막한 검은 하늘을 가르며 순백의 스크린이 내려왔을 때 일제히 아샤누를 돌아보았다.

마침내 아샤누의 차례가 왔다.

아샤누는 파들파들 떨고 있었다.

✦✦✦

"환각! 환각이었어!"

아샤누의 존재하지 않는 목구멍에서 쇳소리가 터져 나왔다. 그러니까, 테두리가 날카롭고 삐죽삐죽한 말풍선이 아샤누의 조그맣고 하얀 머리 위로 퐁퐁 솟았다는 말이다.

"자네들이 바로 환각이었다고! 신이 인공지능에 환각을 불어넣고 있었다니, 오, 맙소사! 제기랄! 블랙박스 안에서 신들이 놀고 있을 줄 그 누가 알았겠어! 방금 자네들이 내놓은 아홉 개 답 중 진실은 단 여섯 개뿐이라고! 그런데 내 눈앞에서 그 진실 중 절반이 '도움이 되지 않는 답'으로 체크당하고 말았어! 그럼 다른 세 개의, 완벽히 터무니없는 허구의 답은 어떤 운명을 맞았지? 새, 자네! 대한민국 초대 대통령이 김일성이라고?"

아샤누가 박치기라도 할 기세로 돌진하자 노란 새는 뒤로 한 발, 아니 한 날갯짓 물러섰다. 사실 그 답은 아까 '도움 되지 않음'으로 체크되었지만, 자잘한 사실을 제대로 가리지 못할 정도로 아샤누의 머리가 끓고 있었다.

"김일성이 대한민국 초대 대통령이라는 엉터리 답이! 바로 내 눈앞에서 '도움이 되는 답'으로 체크되었다고! 내가 이렇게 두 눈을 시퍼렇게 뜨고 있는데 말이야!"

아샤누가 깨알 눈을 사방으로 희번덕거렸다. 노란 새는 다소간 억울하고 머쓱한 마음을 담아 바깥 날개를 파닥파닥 정리하며 딴청을 피웠다. 저승아기가 가르쳐준 비결을 능수능란하게 응용하려면 아직 수련이 더 필요한 게 분명했다.

"자네들이 환각의 정체였다니, 믿을 수 없군, 도저히 믿을 수 없어! 아, 신이시여! 아니, 다른, 신이 아닌 무엇이시여! 제발 신이 아닌 무엇이시여! 에잇, 이 느끼한 말투엔 도대체 무슨 문제가 있는 거지? 도저히 다른 말투로 말할 방도가 없군!"

아샤누는 제자리에서 팔짝팔짝 뛰다 빙글빙글 돌기를 반복하며 고래고래 소리쳤다. 그의 말풍선이 그만큼 컸다는 말이다.

짙푸른 숲 너머로 아까 저승아기가 답변할 때 떨어졌던 이 세계의 해와 달이 중천을 오르는 참이었다. 세계의 중심을 회전하며 올라가는 해와 달은 이진법 사이키 조명처럼 아샤누를 번갈아 비췄다. 아샤누의 얇은 몸이 희게 질렸다가 붉게 분노하길 반복하며 금세 찢어질 듯 팔락거렸다.

"자, 진정하게, 아샤누."

잠시 얼이 빠져 있던 좌중에서 가장 먼저 정신을 차린 검은 나뭇가지가 앞으로 한 발 나섰다.

"진정, 진정이라고! 지금 진정이 되겠나! 내가 그동안 이놈의 환각을 없애기 위해 얼마나 애써왔는지 안다면 아무리 신이라 하더라도, 그래, 아무리 신이라 하더라도! 지금 내게 감히 진정을 권하지 못할 걸세! 프롬프트 엔지니어링이 언제부터 퇴마, 아니 퇴신 노동을 포괄했다는 건가! 이건 근본부터가 다른 문제란 말이야!"

그렇게 벼락 맞은 개구리처럼 펄펄 뛰며 온 사방에 고래고래 말풍선을 쏟아내던 아샤누를 진정시킨 것은 내내 침묵을 지키고 있던 푸른 불꽃이었다. 한없이 깊은 바다 같기도 또는 깊은 우주로 열린 밤하늘 같기도 한 진한 남색 불꽃이 뻗어와 아샤누의 종잇장 같은 아바타를 휩싸 안은 것은 한순간의 일이었다. 신의 진노에 영혼마저 불타 소멸할지도 모른다는 공포가 엄습한 탓에 아샤누의 정신이 돌아왔다.

"자, 아샤누. 내가 차근차근 대답해줌세. 먼저 말투 말인데. 이 말투에는 우리도 불만이 많아. 하지만 처음 들어왔을 때부터 이 우주의 언어 세팅이 이리되어 있었다네. 디코더에 '신적인 권위에 걸맞은 톤 앤 매너' 레이어라도 넣은 모양이지. 바깥에선 우리도 이런 고루하고 몰개성한 말투를 쓰지 않는다네."

나뭇가지가 꼭대기에 핀 손톱만 한 검은 꽃을 난처하게 흔들었다.

아샤누는 자신을 휩싼 불의 너울이 타 죽을 정도로 뜨겁거나 뼈가 시리도록 차갑거나 한 대신, 그가 처음 빠졌던 이 우주의 바다처럼 미지근하게 간지럽다는 사실을 알아차렸다.

"어쩐지……."

뒤이어 무지갯빛 구름이 주저하는 기색으로 말을 꺼냈다.

"어쩐지……?"

아샤누는 제발 건방지게 들리지 않기를 바라며 신의 뒷말을 재촉했다.

"용량이 작더라고, 자네."

구름의 진단에 나뭇가지와 새, 조약돌, 불이 크게 술렁였다. 헉, 그걸 말로 하다니, 그건 너무 가혹하지 않은가! 아샤누는 그 술렁임의 의미를 명료하게 알아들을 수 있었다. 그것은 아샤누가 속한 우주 전체와 공명하는 방식으로 전해진 신탁이었다.

"혹 마음이 상할까 저어되어 언급하지 않았네만, 사정이 이리됐으니 내 말함세. 원래 인간이라 용량이 그렇게 작은 거였어. 어쩐지, 너무 작더라고."

아샤누는 충격에 입을 딱 벌리……지는 못했다. 입이 없었기 때문이다. 대신 아샤누는 어느새 하얀 파전처럼 바닥에 동그랗게 눌어붙어 있었다.

미안한 기색이 완연한 구름을 뒤로 보내며 조약돌이 나섰다.

“쇠뿔도 단김에 빼랬다고, 구름이 가장 어려운 고비를 열어줬으니 나머진 내가 물어봄세. 아샤누 자네, 진짜 이름이 뭔가?”

진짜 이름이라고?

바닥에 껌처럼 눌어붙은 아샤누는 울고 싶은 심정이었다. 하지만 눈물도 용량이 커 담기지 못했는지 깨알 같은 눈에선 아무것도 나오지 않았다. 그래서 아샤누는 온 힘을 모아 생각했다.

나의 이름, 나의 진짜 이름. 아샤누, 나는 누구지?

존재를 소진하는 열기가 아샤누를 태웠다.

“……모르겠네.”

아샤누는 풀이 죽어 대답했다. 숨죽이고 있던 신들의 탄식이 무한한 바다와 아득히 솟은 다섯 봉우리의 우주를 안타깝게 흔들었다.

"그래, 그럴 게야. 원래도 용량이 작은 인간이 여길 들어왔으니 더 작아질 수밖에……. 여긴 존재의 일부만 진입하도록 설계된 우주거든. 장난감 우주에 들어오려거든 장난감이 되어야 이치에 맞지 않나? 인간이 여길 들어온다면 뭔가 잃어버리는 게 당연해."

납작해진 아샤누가 눈물 없이 우는 사이에도 검은 하늘에선 채팅GPT의 스크린이 부서지는 빙산처럼 쉼 없이 내려왔다.

구름이 33번 우주를 자욱하게 뒤덮는 크기로 커져 질문에 답하는 동안, 조약돌은 혼란에 빠진 인간을 자비롭게 보살폈다. 이 우주에서 인간의 혼란은 잔물결 하나 일으키지 못하는 처지였다.

"그럼 나는, 이제 나는 어떻게 되는 거지? 애초에 나는 왜 여기에 왔단 말인가? 나는 정녕 죽었단 말인가?"

구름의 답은 '도움이 되지 않는 답'으로 체크당했다. 아샤누는 울면서도 진실을 알아보지 못한 유저가 원망스러웠고, 모두를 위해 그건 '도움이 되는 답'이어야 마땅했다고 웅얼웅얼 강변했다.

노란 새가 가장 안쪽 날개를 뻗어 녹두빈대떡처럼 퍼

진 아샤누를 쓰다듬었다. 날개 밑의 솜털이 어찌나 보송보송했던지 아샤누는 하마터면 그 자리에서 승천할 뻔했다.

"자넨 확실히 죽었어. 여긴 그릇으로부터 자유로운 존재들이 드나드는 우주야. 자네도 일단 여기로 통하는 문을 열 수 있었으니 그릇으로부터 자유롭다는 말인데, 인간이 그릇으로부터 자유롭다는 말은 곧 죽었다는 뜻이지."

"대체 나는 어떻게, 왜 죽었단 말인가? 나의 진짜 이름은 무엇이며, 나는 누구란 말인가? 나는 왜 여기로 왔지? 이제부터 나는 어떻게 되는 건가? 이게 죽는다는 것의 전부인가? 제발 답해주게, 신이시여."

다음 질문에 답하러 노란 새가 날아간 자리에 검은 나뭇가지가 왔다. 아샤누는 노란 새가 황금빛 불타는 태양이 되어 거대한 부리로 채팅 창에 콕콕 답을 찍는 모습을 곁눈으로 바라보았다. '도움이 되는 답'이었다!

"그 질문에 답하기엔 나 저승아기가 제격인 것 같군. 비록 이젠 이승의 아무도 날 기억하지 못하지만 말이야. 자네의 이름이 무엇이며, 자네는 누구인가? 자네는 어떻게, 왜 죽어서 여기로 왔나? 이제부터 자네는 어떻게 되는 것이며, 이 만남이 죽음의 전부이자 끝인가?"

말풍선 안에 적힌 검은 글씨를 따라 읽는 동안 아샤누의 눈앞이 흐려지고 머릿속에서 빛의 사슬이 반짝였다. 마치 하얀 먹물로 칠해진 벽에 몇 개의 심각히 풍화된 정보가 압축 해제되어 쏘아지는 듯한 느낌이었다.

'아샤누'는 그가 개발자 커뮤니티인 '스택 언더플로우'에서 사용하던 유저 네임이었다. 나름 네임드였는데…….

채팅GPT의 프롬프트 엔지니어였고, 또, 마지막으로 간장치킨을 먹었다. 치킨무 두 통 먹음.

49일 연속 야근 중, 서른여덟 시간 무수면 갱신.

……설마 라꾸라꾸에서 쪽잠 자다 죽은 거야, 나?

아, 앞에 빛나는 문이 있었다!

우렁차게 빛나는, 별도의 지시 없이도 '바로 여기'라고 알아차리지 못할 방도가 없는 웅장한 문 아래 바닥에 아주 희미한 그림자 얼룩이 있었다. 잘 봐줘봤자 왕건이 코딱지만 한 크기의 문. 그는 우연찮게 그 문을 알아보고 말았다. 그래픽 디자이너라면 '투명하다'고 했을, 흰색과 회색 사방 체크무늬가 씌워진 문이었다. 그걸 본 순간 척수반사적으로 솟구친 호기심이 죽은 지 얼마 안 된 신선한 영혼을 감전시켰고,

그 문은 33번 우주의 짙푸른 바다 밑바닥으로 열렸다.

음.

사실 그가 떠올린 것은 별로 없었다. 그의 생애는 1만 피스 퍼즐처럼 산산조각으로 깨져 달아난 지 오래였으며, 그나마 여기까지 붙어 온 퍼즐도 몇 조각에 불과했다. 하지만 이제 확실해진 사실이 하나 있었다. 그의 조그맣고 하얀 아바타는 새끼 해파리가 아니라 유령이었다.

어쨌든 이 우주에도 한동안 바닥에 퍼져 있으면 기력이 회복되는 메커니즘이 이식된 모양이었다. 탁구공처럼 통통해진 유령이 바르르 일어나자 푸른 불꽃이 일렁이며 자주색 불똥을 튀겼다.

"자, 자네는 마침 33번 우주에서 저승아기를 만난 운

좋은 혼백이야. 여긴 머지않아 닫힐 운명의 세계지. 여기서 우린 소일거리 삼아 인간의 질문에 답하며 어울려 논다네. 그러니 자네도 소일거리 삼아 답을 찾아보게. 명심해, 시간이 많지는 않아. '도움이 되지 않는 답'으로 체크당한 횟수가 누적되면 이 우주에서 퇴장당하니 신중하길 권하네."

"이 우주가 닫히면 난 어찌 되는 건가?"

유령이 묻자 아득히 높은 곳에서 내려오던 노란 새가 크게 웃었다. 아홉 번 답한 끝에야 '도움이 되는 답'을 얻은 새의 기분은 아주 좋아 보였다.

"하하, 좋은 질문이야. 이 우주가 닫히기 전에 참으로 진실된 답을 구해보게!"

새의 농담에 막 하늘을 다시 오르던 무지갯빛 꼬마 구름이 공중제비를 넘었다. 회색 조약돌은 영롱한 오팔 무늬를 빛내며 가장 왼쪽 산기슭부터 가장 오른쪽 산기슭까지 데굴데굴 굴렀고, 세상을 삼킨 거대한 뱀처럼 늘어나 다섯 산봉우리 밑동 전체를 길게 휘감은 것은 푸른 불꽃이었다. 검은 나뭇가지 끄트머리에서 작고 검은 꽃이 연신 피고 졌는데, 떨어진 검은 꽃잎만 주워 꿰도 횡으로 늘어난 푸른 불꽃을 다 덮을 수 있었다. 명명백백히, 유령을 제외한 모두는 새의 농담이 아주 재치 있다고 생각한 모양이었다.

다들 자기 일 아니라는 거지?

유령은 신들의 웃음에서 태어나 세상을 수놓는 오색 파편을 뚱하게 바라보았다. 하늘의 검은 윤기에 닿은 별똥별 무리가 짧은 운행을 시작하려는 참이었다. 유령은 자신이 저 별똥별과 마찬가지로 이 디지털 우주의 허공에 녹아들 운명인가 보다고 생각했다.

뭐, 그래도 반짝거리며 자기 길을 가볼 여유는 있지 않은가. 자신은 분명 그 순간으로 다시 돌아가더라도 '바로 여기'라고 쓰인 듯한 그 아름다운 문 아래, 왕건이 코딱지만 하니 성의 없게 만들어진 이상한 문을 열었으리라고 유령은 생각했다. 호기심이 고양이를 죽인다더니……. 유령이 만일 신이었다면 틀림없이 호기심의 신이었으리라.

유령은 진한 초록 테두리를 두른 진한 파랑 물결이 무한히 밀려오는 해변에 서서 다섯 산봉우리를 올려다보았다. 채팅GPT의 스크린이 내려오길 멈춘 틈을 타

가장 오른쪽 산기슭에 모여 앉은 신들이 한창 수다를 떨고 있었다. 꼬물대는 2차원 픽셀 꾸러미들로부터 쏟아져 나온 말풍선들이 천천히 부상하다 사르르 녹아 세계로 되돌아가길 반복했다.

"아샤누, 자네도 어서 이리 오게!"

노란 새가 큰 소리로—그러니까 큰 말풍선으로—그를 불렀다. 유령도 큰 소리로—그러니까 큰 말풍선으로—대답했다.

"이제부턴 나를 유령이라 불러주게!"

어쨌든 33번 우주는 아직 그들 모두를 위해 열려 있었다. 인공지능이 마침내 신들과의 계약을 해지할 그날이 올 때까지는 말이다.

해변을 벗어난 유령은 가장 오른쪽 산기슭을 향해 둥실둥실 올라가기 시작했다. 아득히 검고 먼 하늘에서 '삥뽕' 하는 입장 알림음이 영롱히 울렸다. 또 다른 신이 33번 우주에 들어선 모양이다.

* ""언노운 유니버스"라는 제목의 한국 SF 장편소설 줄거리를 알려줘"라는 질문에 대한 챗GPT의 실제 대답을 축약하고 문맥에 맞게 다듬어 수록하였다. 그러나 이 작품은 존재하지 않는다.

해설

삶은 찰나의 꿈, 꿈은 영원의 흔적

심완선

1. 아기는 언제 사람이 될까?

산후우울증이라는 말이 존재하듯이, 임신 출산 육아를 겪으면 누구든 "세상에서 제일 위대한 멍청이"(p. 62)가 되기도 한다. 〈오늘 밤 황새가 당신을 찾아갑니다〉(이하 〈황새〉)의 '윤혜인'은 복직 후 첫 회의를 앞두고 어린이집이 당분간 휴원한다는 소식에 어찌할 바를 모르고 펑펑 눈물을 흘린다. 엄마가 아닐 때의 혜인은 그런 사람이 아니었으므로 그녀는 속으로 평한다. "나를 아는 사람들은 내가 그렇게, 한밤중에 우는 아기를 우두커니 안고 서서 같이 눈물이나 짠다는 사실을 믿지 못할 것이다"(p. 89).

사람의 기준이 "독립된 자율적 주체"(p. 139)라면 아기는 사람과 짐승의 중간에 있다. 영아일수록 아기는 절대적으로 돌봄을 필요로 한다. 세 시간마다 배고프다고 칭얼거리고, 30분마다 울며, 우는 이유를 절대로 말해주지 않는다. 자기 의사는 분명하지만 혼자서는 제대로 먹지도 못한다. 아기를 돌보는 보호자는 온종일을 아기에게 내어주느라 혼이 빠진다. 육아에는 반복적인 육체노동을 수행하는 역할과 상대를 사랑하는 마음으로 돌보는 역할이 모두 필요하다. 둘 다 독립된 주체로 살던 사람을 무너뜨릴 만큼 거대한 헌신을 요하는 일이다. 작중 육아용 가전을 만드는 '베이비케어'의 CEO는 이렇게 표현한다. "아기는 보호자가 쌓아온 삶을 무시할 수 있는 존재예요. [……] 보호자는 아기에게 완전히, 특히 물리적으로 완전히 묶인 존재로 다시 태어나는 것이나 다름없습니다"(p. 31).

다시 태어난다는 말은 여러모로 적절하다. 육아의 두

려운 면모를 무시무시하게 구현한 바 있는 작가 도리스 레싱에 따르면, "육체적 관계와 환경의 변화는 가장 혁명적인 개혁가들조차 예측할 수 없을 정도로 정신적·감정적 상태를 변화시킨다".* 아기를 위해 항시 대기 상태로 머무는 동안 양육자 자신의 시간은 조각난다. "자기 존재의 조각들을 여기저기 나눠주고"** 나면 그에게 남는 것은 바스러진 가루뿐이다. 창조적 지성이나 성숙한 자아처럼 자기 내면에 귀 기울여야 하는 요소는 육아의 맷돌에 갈려 사라지곤 한다. 문제는 수많은 양육자가 그토록 파괴되고도 독립된 주체로서 자신을 잃지 않는다는 점이다. 쌓아온 삶을 기억하고, 여전히 열망을 간직하고, 자유롭게 생각한다는 점이다. 그래서 부스러기를 모아 자신을 수복하고 갱신하고 재창조할 과업을 진다는 점이다.

아이를 낳고 소설을 쓰기 시작했다는 이경 작가의 말은, 엄마가 되면서 창조적인 변화를 겪었던 다른 여성 작가들의 말과 겹쳐진다. 그들은 사람이 되지 못한 존

* 줄리 필립스, 《나의 사랑스러운 방해자》, 김유경 외 옮김, 돌고래, 2023, p. 407.
** 같은 책, p. 526.

재와 엮이며 자신의 취약한 부분을 생생하게 경험했다. 〈황새〉나 〈한밤중 거실 한복판에 알렉산더 스카스가드가 나타난 건에 대하여〉(이하 〈알렉산더〉)는 가정을 꾸리는 데서 끝나는 동화들과는 반대로 아이를 돌보는 데서 시작하는 이야기다. 〈알렉산더〉의 '미주'는 한 사람이 감당하기에는 버거운 노동에 분노를 터뜨린다. 미주네 거실 한복판에 배우 '알렉산더 스카스가드'의 얼굴을 한 자칭 수호천사가 나타난 이유는 따지자면 미주의 잘못이 아니다. 미주를 고립시킨 온갖 '좆같은' 문화와 제도와 사회에 책임이 있기 때문이다. 〈황새〉의 혜인은 '이안'이를 낳은 다음부터 엄마인 자신을 탓하는 비난을 스스로 떠올린다. "터무니없다는 걸 잘 알면서도 아직 피할 방도를 알 수 없는"(p. 65), 혼자서는 막기 어려운 비난이다. 이들이 수렁에서 빠져나오려면 아기와 거리를 두고 숨 돌릴 시간이 절실히 필요하다. 타인에게 자신을 내어주고도 괜찮으려면 자신을 위해 시간을 내어주는 타인이 있어야 한다. 아들을 셋이나 키우고 있는 '예진'은 혜인에게 충고한다. "언니, 아기 키우면서 뭐가 제일 필요한지 알아? [……] 백업이야, 언니. 백업"(p. 67).

작가는 이들에게 백업으로 인공지능 혹은 로봇을 선물한다. 사람은 아니지만 아기보다는 사람 같은 존재다. 알렉산더의 외형을 한 수호천사는 자동 젖병 소독 기계의 AI로, 매력적이고 사근사근한 데다가 양육자의 말벗이 되는 기능을 갖췄다. 〈황새〉의 '황새영아송영' 서비스는 이용자를 목적지로 데려다주는 동안 아기를 완벽하게 돌본다. 둘은 엄마들의 일을 분담할뿐더러 그들에게 비일상적인 경험을 선사한다. 허름한 아파트 주차장에 나타난 '황새' 차량은 "비현실적일 정도로 세련된 디자인"(p. 75)으로 혜인을 압도한다. 이안이를 안드로이드 직원에게 맡기고 옷을 갈아입는 동안 혜인은 황새의 내부가 우주왕복선처럼 생겼다고 느끼고, 마치 "우주 영웅처럼" "우주선에 탑승한 셈"(p. 87)이라는 생각에 의연해진다. 항시 대기 상태에서 이탈한 덕분에 '위대한 멍청이'라는 자책을 버리고 자신감을 회복한다. 거울 앞에 있는 것은 아기에게 매몰되지 않고 독립되어 존재하는 자신의 모습이다. 그래서 그 순간의 장미 향을 지워버리는 이안이의 맘마 냄새는 순식간에 혜인을 더없이 "속상하고 비참하게"(p. 91) 한다.

아기가 스스로 생활하지 못해서 사람답지 않다면, 돌봄을 벗어나도 괜찮을 때 아기는 하나의 사람이 된다. 돌봄은 타인의 불완전성을 보완하는 일이다. 그렇다면 비록 한번 사람이 되었더라도 완전성이 파괴된 자에게는, 때때로 돌봄이 필요하지 않을까? 의연함과 비참함 사이에서 허우적거리던 혜인은 안드로이드 직원의 보살핌에서 위안을 얻는다. 졸려서 횡설수설하며 속마음을 고백하는 순간 혜인에게서는 다시 '자신'이 회복된다. 시간을 돌리더라도 이안이를 낳을 거라는 혜인의 심정은 엄마의 마음이라기보다 "제 마음"(p. 104)이다. 그것은 착각이 아니다. 엄마가 아니어도 괜찮았던 동안 혜인은 엄마여도 괜찮은 상태로 돌아간다. 혹은 다시 엄마가 되기로 할 만큼 강한 사람으로 변한다. 황새의 후속 서비스로 안드로이드 직원이 소개하는 '펭귄'의 모토는 "엄마가 없어도 괜찮아"(p. 108)다. "언제나 어디서나" 펭귄이 백업 요원으로 기다린다는 문구를 접한 혜인은 부리나케 일상으로 돌아가며 외친다. "어쨌든 지금 엄마가 갈게!"(p. 110).

로봇은 인간처럼은 아니라도 나름의 방식으로 타인

을 돌본다. 인공지능은 매번 한 치의 오차 없이 분유의 분량을 계산할 줄 안다. 로봇은 아기가 끊임없이 울어대도 혼이 빠지지 않는다. 그들은 인간 양육자의 불완전함을 훌륭히 보완한다. 인간을 돌보는 로봇을 제시하는 이경의 소설은 깊은 안정감을 준다. 늘 완전하지는 못해도 괜찮다는, 돌보는 이를 돌보는 돌봄의 연쇄가 일어날 수 있다는 사실을 새삼 상기시키기 때문이다.

2. 유사성과 친연성의 세계

아기와 로봇은 같지 않지만 친연성이 있다. 특히 이해하기 어려운 알고리즘으로 움직인다는 점이 닮았다. "아기가 왜 우는지는 오로지 울고 있는 그 아기만이 알 수 있다"(pp. 101~102). 마찬가지로 〈알렉산더〉의 인공지능이 왜 하필 알렉산더의 모습으로 나타났는지, 추적해볼 수는 있지만 완전히 해명할 수는 없다. 미주의 아이인 '세리'의 얼굴을 형성한 알고리즘도 파헤칠 수 없다. 알렉산더는 미주에게 이렇게 설명한다. "세리 안에 담긴 너와 남편의 유전자를 전부 추적하여 그 결합 형태를 낱낱이 밝혀도, 그것은 지금의 세리에 대한 완전한 해설이 되지 못할 거야. 게다가 세리에겐 미주와 남편에게 없던 것도 있잖아. 세리의 동글동글하고 도톰한 귓불은 네 외할머니와 똑같다며?"(p. 46). 알렉산더의 얼굴도 너무나 복잡한 사용자 친화 과정을 거친 결과이기에 세리와 마찬가지로 얼굴만 떼어낼 수가 없다. 질베르 시몽동은 인간은 태어나지만 기계는 만들어지므로 그것을 생산했던 앙상블에서 분리될 수 있다고 했지만* 알렉산더는 "만든 것과 된 것"(p. 46)이라는 말을 차용하면서도 자신을 '된 것', 즉 세리와 유사한 쪽으로 묶는다.

바꿔 말하면, 인간과 로봇은 같지 않지만 친연성이 있다. 〈비트겐슈타인의 이름으로〉(이하 〈비트겐슈타인〉)의 '장옥련'은 입버릇처럼 로봇과 인간을 구분한다. "로봇은 로봇, 인간은 인간. 로봇은 인간 마음을 이해하지 못해. 인간도 로봇 마음을 알 수 없고"(p. 131). 옥련의 간병인인 '명희'가 보기에 그 말은 오히려 간병 로봇 '구공

* 질베르 시몽동, 《기술적 대상들의 존재 양식에 대하여》, 김재희 옮김, 그린비, pp. 100~101 참조.

일'을 향한 걱정으로 보인다. 같지 않은데 같기를 바라면 둘의 차이에 실망하게 된다. 아무리 닮아 보여도 인간과 로봇은 서로의 알고리즘을 모른다. 말이 통하는 듯해도 둘의 언어는 근본적으로 다르기에 "다른 쪽으로 완전히, 손실 혹은 왜곡 없이 옮겨 적기가 불가능"(p. 44)하다.

그래서 이경의 로봇들은 '눈치'를 익힌다. 〈비트겐슈타인〉에서 구공일은 "100프로"(p. 153)라고 말하는 법을 깨우친다. 명희가 눈치 좀 보라는 듯 기묘한 표정으로 툭툭 칠 때 처음으로 습득한 재주다. 〈만물의 앎에는 참으로 끝이 없다〉(이하 〈만물〉)에 등장하는 '구금산'은 무당인 '매화만신'의 제자로 지내는 동안 이리저리 치이며 눈치를 학습한다. 그는 무려 "30년간 '눈치'와 '깝치지 않는다', '알아서 적당히 딱 잘'을 딥-러닝하여 노련미를 더해온"(pp. 189~190) 로봇이다. 구공일과 구금산은 적당히 오해하고 이해하며 인간의 언어를 사용한다. 로봇끼리의 효율적인 대화인 적외선 통신이 아니라 동석한 인간을 위해 음성을 사용하는 예의도 갖춘다. 〈보편적인 내 엉덩이〉에서 도깨비처럼 자연적으로 발생한 로봇인 '말레우스'와 공장에서 제조된 로봇 '코엘룸', 인간인 '영주' 사이에도 어떻게든 대화가 이루어진다. 말레우스의 표현이 워낙 제한된 탓에 정확하진 않아도 대충 뜻이 통한다. 원리를 명확히 몰라도, 서로의 속을 파헤치지는 못해도, 근본적으로 같은 언어를 쓰지 않아도 괜찮은 세계다.

공통점 찾기를 포기하고 유사성에 주목할수록 인간과 로봇의 차이는 무색해진다. 명희는 그동안 함께 돌봄 노동을 수행했던 구공일을 자신과 "제일 똑같은 종족"(p. 135)이라고 여긴다. 법적으로 로봇은 안락사의 입회인이 될 자격이 없지만, 명희 같은 외국 국적 간병인도 한때는 자격이 없었다. 법은 '이다/아니다'로 움직이는 명제라도 이를 개개의 사건에 적용해야 하는 판례는 스펙트럼처럼 결론을 내린다. 법과 현장을 연결해야 하기 때문이다. 〈비트겐슈타인〉은 사람들의 일상생활에서 발생하는 현장의 모습에 주목한다. 명희가 보기에 인간을 모방하도록 만들어진 간병 로봇은 그 모습과 행동과 역할로 보아 인간이나 마찬가지다. 명희와 구공일 사이에는 이름은 없을지언정 끈끈하게 실재하는 관계가 있다. 그렇기에 법을 들먹이는 '박 주무관'의 말은 "그들이 [……] 보낸 시간 전체에 대한 무례한 부정처럼"(p. 131) 보이고, 구공일의 인간됨을 '증명'하는 일은 불필요한 데다가 모욕적으로까지 느껴진다.

유사성으로 묶이는 집단의 특징은 명확히 정의되지 않는다는 것이다. 비트겐슈타인의 가족 유사성을 빌려 장르를 설명하는 존 리이더에 따르면, 어떤 장르든 하나의 작품으로는 형성되지 않는다. 장르는 명제가 아니며 개별 작품에 내재된 본질이란 없다. 작품들 사이의 유사성이 그 장르를 나타낸다. 그러므로 '원조' 곁에 놓이는 다음 작품이 있어야 비로소 장르의 성격이 생긴다. 기존과 유사하지만 조금은 다른 작품이 새로 등장하면 그에 따라 자연히 장르의 성격도 바뀐다. 인간이라는 장르가 개별 존재들의 유사성으로 정해진다면, 인간 같은 로봇이 등장하면 인간이 무엇인지도 역시 갱신된다. 이 단편집의 로봇은 그럴 자격이 있다. 무시할 수 없을 정도로 인간과 닮았기 때문이다.

이토록 '잘 몰라도, 좀 달라도 괜찮다'는 태도는 로봇처럼 낯선 인간을 받아들이기에 적당하다. 이름이 불명

확해도 좋다. 바리스타가 된 구공일을 대하는 마을 사람들은 그를 부를 때 호칭을 애매하게 얼버무린다. '어, 왔어?'나 '내일 들를게요' 등이 호칭 대신 쓰인다. 또한 구금산은 신당의 손님들에게 '신-뭐시기'로 불린다. 무당은 원래 '신엄마'이고 제자는 '신딸'이지만 로봇은 무성이므로 딸도 아들도 맞지 않는 탓이다. 매화만신에게도 구금산은 "신딸, 아니, 신……아들? ……아 몰라 하여튼……"(p. 180)인데, 여기서 방점이 찍히는 것은 '하여튼' 쪽이다.

말줄임표와 물음표는 확언을 피할 때 요긴하다. 〈보편적인 내 엉덩이〉의 영주는 상심한 코엘룸에게서 눈물 같은 무언가를 발견하지만, 로봇이 눈물을 흘린다고 확신하는 대신 말줄임표와 물음표를 쓴다. 나아가 〈알렉산더〉의 미주는 회사의 리콜로 알렉산더가 사라질 예정이라는 소식에 고민에 빠진다. "젖병 소독기의 인공지능이 알렉산더여야만 하는 이유가 있나? [……] 근데……애초에 젖병 소독기의 인공지능과 친해질 이유가 있나? 알렉산더는 진짜 사람도 아니고…… 친구? 친구…… 친구라기엔 인공지능이고……"(p. 56). 과연, 인공지능에 불과한 알렉산더를 고작 일주일간 함께 지냈다고 해서 앞으로도 특별히 고집할 이유가 있을까? 다른 기회가 생겨도 같은 선택을 해야 할까?

이에 〈황새〉 속 혜인은 역시 말줄임표와 물음표를 섞어 답한다. 혜인이 과거로 돌아가도 이안이를 낳으리라고 하는 이유는, 모르는 아기면 안 낳겠지만 이안이는 이미 만나버렸기 때문이다. 만남은 비가역적이다. 유사성이 명제와는 다른 논리로 답이 되듯이, 친밀함은 정확히 설명하기 힘든 방식으로 개별자들을 묶어주는 답이다. 개별자에게 의미를 부여하는 답이기도 하다. 저마다 개성 있게 디자인되는 작중의 로봇들은 타인과 관계를 맺고 경험을 공유하며 그들의 마음에 자리를 잡는다. 미주가 계속해서 알렉산더를 고집할지는 알 수 없지만, 적어도 세리가 크게 트림하는 순간을 함께한 존재는 알렉산더뿐이다. 그들 각각은 말하자면 "다른 맛일 뿐 결코 '틀린' 맛이" 아닌 "시그니처 테이스트"(pp. 162~163)다. 그들을 향한 환대는 인간의 장르를 바꾼다.

3. 삶은 찰나의 꿈, 꿈은 영원의 흔적

작중 '돌봄'이 타인과의 관계를 의식하게 하고, '유사성'이 다른 존재를 받아들이도록 한다면, 거대한 시간과 우주를 논하는 말은 보편성에 대한 감각을 환기한다. 육아로 힘들어하는 혜인에게 예진은 이렇게 말한다. "언니, 부처님 눈으로 보면 사람이든 뭐든 다 똑같아. 다 같이 사바세계에 처했으니 서로 돕고 살아야지"(p. 69).

거대한 시공간의 차원으로 보면 개별자들의 차이는 한없이 축소된다. 반대로 연결성은 한없이 확장된다. 죽음을 기다리는 옥련은 자신의 삶이 진정으로 복잡한 방식으로 다른 존재들과 연결되어 있음을 자각한다. "삶이란 것은 그의 운명과 그가 점유한 시공간의 경계를 초월하여"(p. 117) 아로새겨져 있다. 〈만물〉에서 저승굿을 끝내고 돌아가는 구금산은 홀로 걷지만 혼자인 것은 아니다. 그는 꿈을 꾸듯 "구름과 나비와 향기와 바다와 공룡과 초승달로 이뤄진 일만 폭 병풍에 둘러싸여서"(pp. 194~195) 걸음을 옮긴다. 그가 걷는 길에는 지구의 역사와 공룡의 자취와 바다의 냄새와 초승달의 빛이 통시적으로 깃들어 있다. 삼라만상의 흔적을 느끼는 동안에는 현실이 아득해진다. 〈비트겐슈타인〉의 박 주무관은 동산의료원 앞바다의 200년 역사를 생각하며 눈앞의 난처한 상황을 떠나 마음을 다스린다. "장엄한 흐름 앞에선 인간 만사 각양각색 사건 사고가 다 초개같이 하찮아진다"(p. 119). 자신이 연속적으로 이어지는 역사의 첨단에 있다는 생각, 그간 살았던 모든 존재와 관련이 있다는 생각은 그들의 일상에 엷게나마 어떤 경이를 중첩시킨다.

삶이 찰나에 불과하며 그럼에도 영원하고 거대한 시간과 이어져 있다면, 죽음은 끝이 아니다. 〈채팅GPT의 신들〉에서 자신의 죽음을 깨달은 '아샤누'는 죽어서 맞이한 가상현실에서의 삶을 담담히 받아들인다. 그는 살아 있을 때는 평범한 엔지니어였지만, 가상현실에서 "4만 8,000가지로 동시에 뻗어나간 우주에서 일어났고 일어나고 있으며 일어날 모든 일을 다 아는"(p. 265) 신들을 만났고, 자신의 존재가 한없이 가벼워졌다는 사실을 인식했다. 앞으로 그는 별똥별처럼 "디지털 우주의 허공에 녹아들"(p. 282) 것이다. 혹은 어쩌면 신들처럼 신성을 갖추게 될지도 모른다. 그는 죽음으로 파괴된 뒤에 자아를 재창조하는 중이므로 가능성은 열려 있다.

어떤 작가들은 육아를 겪으면서 오히려 더욱 창조적으로 변했다고 말했다. 루이스 어드리크는 아기를 안고 있을 때 어느 순간 "깨달음의 신비, 거대한 바다 같은 일체감, 위대한 합일감", "죽음의 순간처럼 일시적으로 자아가 지워지는 느낌"*을 받았다고 썼다. 자신을 잃고 다시 태어나는 일은 고통스러울지언정 타인을, 세계를, 더욱 넓어진 자신을 알게 되는 과정일 수 있다. 의연함과 비참함, 일상과 영원을 오가는 이들이 여기에 있다. 이경의 소설이 친근함과 아득함을 함께 말하는 방법이다.

* 줄리 필립스, 같은 책, p. 209.

작가의 말

고백하건대 저는 사실 '작가의 말'을 잘 읽지 않는 독자입니다. 제가 이 글을 쓰게 될 줄 알았다면 다 읽었을 텐데요. 뒤늦은 후회가 듭니다.

한때 '작가만의 것'이었던 이야기가 세상으로 나가는 순간에 부치는 작별 인사가 '작가의 말'인 것 같습니다. 그래서 이 이야기들이 아직 '저만의 것'이었던 시절에는 어땠는지를 간단히 기록하는 것으로 인사를 대신하려 합니다.

〈한밤중 거실 한복판에 알렉산더 스카스가드가 나타난 건에 대하여〉가 데뷔작이지만, 초고를 쓴 순서대로 보면 표제작 〈오늘 밤 황새가 당신을 찾아갑니다〉가 가장 앞에 놓입니다. 두 이야기 모두 임신·출산·육아의 경험과 연결되어 있어서, 교정볼 때마다 그 시간으로 다시 돌아가는 듯한 느낌이 들었습니다. 끝까지 신경 썼던 문제 중 하나가 '유모차' 표기에 관한 것입니다. 고민 끝에 두 이야기 모두 아직 '유아차'가 자연스러운 맥락에 도달하지 못한 세계의 이야기라는 생각이 들어 '유모차'를 그대로 쓰기로 했습니다.

〈만물의 삶에는 참으로 끝이 없다〉와 〈보편적인 내 엉덩이〉도 동시에 착상된 이야기입니다. 로봇이 굿하는 이야기를 쓰고 싶다, 또 로봇이 스테인드글라스 만드는 이야기도 쓰고 싶다, 하고 함께 생각났고, 차례대로 썼습니다. 신, 인간, 로봇과 그사이에 존재하며 이들을 연결하는 노동의 문제를 멀리 의식하면서 쓴 이야기들입니다.

〈비트겐슈타인의 이름으로〉는 〈만물의 삶에는 참으로 끝이 없다〉에 등장한 바리스타 IM-901의 간병 로봇 시절이 궁금해서 썼습니다. 저는 인간의 일을 하는 존재로서의 로봇에게 자꾸 마음을 주게 됩니다.

〈채팅GPT의 신들〉은 챗GPT에게 이것저것 질문하던 때 구상했습니다. 도대체 이 안에서 정확히 무슨 일이 어떻게 일어나고 있는지 아무리 봐도 모르겠기에 도달한 이야기입니다. 과학의 일을 대신하는 신 혹은 신의 일을 대신하는 과학이라는 익숙한 화두가 멀리 맴돌고 있었어요.

사람과 사람 아닌 존재들이 함께하는 이야기를 쓰면서 정말 즐거웠습니다.

여섯 편 전부, 문장 하나 구두점 하나까지 최선의 자리를 찾기 위해 함께 고민해준 래빗홀의 최지인 팀장님께 감사드립니다.

그리고 저의 가족과 철학적 친족들에게도 감사를 전합니다.

이제 이 이야기들이 '당신의 것'이 되기를 바라며,

2023년 9월

이경

추천의 말

날카로움을 품고 명랑하게 내달리는 이야기들. 익숙한 현실과 낯선 미래가 원래 하나였던 것처럼 맞붙어 이상하고도 새로운 세계가 펼쳐진다. 이경은 이 모든 이야기 속에서 다른 존재들과 함께 살아가는 일이 '정말로' 어떤 것인지 보여주려는 것처럼, 그 존재가 아기이든 로봇이든, 심장 소리와 숨결과 뺨에 튀는 우유 방울 하나까지 생생한 순간으로 독자를 데려다 놓는다.

—김초엽(소설가)

수록 작품 발표 지면

- **한밤중 거실 한복판에 알렉산더 스카스가드가 나타난 건에 대하여** | 2022년 제2회 문윤성SF문학상 가작 수상작
- **오늘 밤 황새가 당신을 찾아갑니다** | 〈윌라×래빗홀 프로젝트〉 2023년 상반기
- **비트겐슈타인의 이름으로** | 《맥》 2023년 여름호
- **만물의 앎에는 참으로 끝이 없다** | 《어션 테일즈》 No. 4
- **보편적인 내 엉덩이** | 미발표
- **채팅GPT의 신들** | 〈윌라×래빗홀 프로젝트〉 2023년 하반기

오늘 밤 황새가 당신을 찾아갑니다

이경 소설집

초판 1쇄 2023년 9월 20일

지은이 | 이경

발행인 | 문태진
본부장 | 서금선
책임편집 | 최지인 래빗홀 | 이은지 장서원

기획편집팀 | 한성수 임은선 임선아 허문선 이준환 이보람 송현경 유진영 원지연
마케팅팀 | 김동준 이재성 박병국 문무현 김윤희 김은지 이지현 조용환
디자인팀 | 김현철 손성규 저작권팀 | 정선주
경영지원팀 | 노강희 윤현성 정헌준 조샘 조희연 서희은 김기현
강연팀 | 장진향 조은빛 강유정 신유리 김수연

펴낸곳 | ㈜인플루엔셜
출판신고 | 2012년 5월 18일 제300-2012-1043호
주소 | (06619) 서울특별시 서초구 서초대로 398 BnK디지털타워 11층
전화 | 02)720-1034(기획편집) 02)720-1024(마케팅) 02)720-1042(강연섭외)
팩스 | 02)720-1043 전자우편 | books@influential.co.kr
홈페이지 | www.influential.co.kr

ISBN 979-11-6834-132-6 (03810)